OBRAS MAESTRAS DE LAS HERMANAS BRONTË

Tomo cuarto

POEMAS

CURRER, ELLIS Y ACTON BELL
(CHARLOTTE, EMILY Y ANNE BRONTË)

EDICIÓN BILINGÜE

Título: Poemas
Título original: *Poems*
Autoras: Currer, Ellis y Acton Bell (Charlotte, Emily y Anne Brontë)

© Edimat Libros, SA
C/ Primavera, 10, nave 35
28500 Arganda del Rey
Madrid-España
www.edimat.es

Traducción: Cinta García de la Rosa
Diseño e ilustraciones de cubierta: Karakachoff Estudio

ISBN: 978-84-9794-684-1
Depósito Legal: M-14369-2025
ISBN de la obra completa: 978-84-9794-685-8

Impreso en España - *Printed in Spain*

INTRODUCCIÓN

LA FAMILIA BRONTË

En la historia de la literatura no hay ejemplos que puedan compararse al destino humano y literario común de varios miembros de una misma familia, como es el caso de la familia Brontë. Las tres hermanas Brontë, Charlotte, Emily y Anne, fueron tres de las hijas de Patrick Brontë (1777-1861), un pastor de la iglesia anglicana, cuyo apellido original era Brunty, pero que se cambió durante sus estudios religiosos. Patrick fue el autor de *Cottage Poems* (Poemas de la casita de campo, de 1811), *The Rural Minstrel* (El trovador rural, de 1814), de diferentes artículos periodísticos y de varios poemas de inspiración religiosa. Ejerció de vicario de su iglesia. Crónicas de la época lo describen como el arquetipo del pastor anglicano: rígido, muy inflexible, hipocondriaco y misántropo, pero hay quien lo describe como un pastor un tanto excéntrico, sí, pero abierto, inteligente, generoso y con un intenso amor por sus hijos.

La madre, Maria Branwell (1783-1821) murió a los treinta y ocho años, probablemente de un cáncer de estómago o ginecológico, aunque sin duda influyó mucho en su estado de salud el haber tenido seis hijos en un período de poco más de seis años. Ella y Patrick se casaron el 29 de diciembre de 1812, a los veintinueve años de ella (edad que se consideraba un poco avanzada), en Guiseley, en una boda múltiple, pues la hermana de María, Elizabeth, se casó también ese mismo día y en la misma iglesia, después de que su futuro cuñado Patrick hubiera oficiado otros matrimonios aquella mañana. Era conocida y apreciada por su carácter vivaz, por su alegría permanente y por su dulzura. Era una metodista devota, y escribió un tratado titulado *The Advantages of Poverty in Religious Concerns* (Las ventajas de la pobreza para los asuntos religiosos) que no se publicó nunca. Murió muy joven (hay que tener en cuenta que la expectativa de vida por entonces era de unos treinta años) y dejó un recuerdo cálido en su marido y en sus hijos mayores, pero sólo vagas imágenes de ella en su lecho de enferma entre las hijas menores.

Los seis hijos del matrimonio fueron María, nacida en 1814; Elizabeth, nacida en 1815; Charlotte, nacida en 1816; Patrick Branwell (en el mundo sajón existe la figura del *middle name,* un nombre que va entre el propio y el apellido y que se elige a voluntad; muchas personas eligen poner para ese nombre medio el apellido de soltera de la madre, y como Branwell lo conocían a él), nacido en 1817; Emily, nacida en 1818 y finalmente Anne, nacida en 1820. Tras la muerte de la madre se instaló con la familia Elizabeth, la hermana mayor de ella, la tía que los cuidó amorosamente hasta su muerte. Sacrificó su vida por sus sobrinos, sin intentar contraer matrimonio y sin volver con su familia. Patrick quiso casarse con ella, pero el matrimonio con una cuñada estaba considerado socialmente como un incesto abominable, por lo que hubo de desistir. Lo intentó con otras dos mujeres, pero sin el resultado que él necesitaba, y se resignó a ser un viudo de condición humilde, pocos recursos económicos y muchos hijos, por lo que se dedicó a educarlos él mismo. Patrick fue por montes, caminos y valles ejerciendo su ministerio, visitando a pobres y enfermos, ofreciendo sermones, dando misas y extremaunciones mientras dejaba a los niños bajo la tutela de la tía.

Se encargó de conseguir los libros que necesitaban leer, les compraba juguetes, dentro de sus escasos medios económicos, y les dio una gran libertad mientras los animaba a leer, a escribir, a viajar, a soñar. Las tres hermanas menores y el hermano formaron una especie de sociedad literaria en la que fueron desarrollando su imaginación para escribir un conjunto de historias que fueron haciéndose cada vez más complejas, bajo la tutela de un padre que contaba con una buena educación. Además de seguir la formación que les impartía el padre, los hermanos jugaban y uno de sus juegos consistía en inventar historias que luego escribían en cuadernos. Crearon los lugares imaginarios de *Angria* y de *Gondal,* escribiendo Branwell y Charlotte sobre *Angria,* y Emily y Anne sobre *Gondal.* Estos juegos fueron el inicio de lo que más adelante sería la gran vocación de las tres hermanas Brontë, la escritura.

Las hermanas fueron enviadas en 1824 a una nueva escuela para hijas de clérigos pobres en Cowan Bridge. Aquel lugar parecía sacado de una historia descarnada de Dickens, las niñas pasaron hambre, frío, miseria, violencia de los adultos y tremendos sermones sobre la condenación eterna y los fuegos del infierno. Años después, en su *Jane Eyre,* Charlotte describió el lugar y denunció el rigor, la suciedad, los alimentos en mal estado, los parásitos, los vómitos, la obligación de tomar eméticos (que aumentaban los vómitos), las sangrías, la negligencia del médico, las epidemias como el tifus asociadas a la tuberculosis, la severidad de los crueles castigos y la maldad habitual del personal responsable. En 1824, la mayor, María, fue enviada de vuelta a casa muy enferma, y en 1825, sólo con once años, murió de tuberculosis (el mal familiar), enfermedad que sin duda se le agravó al tener que vivir en las condiciones que ofrecía el internado. La segunda, Elizabeth, tuvo ese mismo destino y murió también en 1825 como su hermana Mary y también de tuberculosis, dos semanas después de haber regresado a la casa familiar. Ante ese panorama, el padre sacó del internado a las supervivientes y se las llevó a casa.

Allí siguieron las tres hermanas y el hermano Branwell con sus apasionantes juegos literarios. Surgió entonces la *Ciudad de cristal,* una mezcla de Londres, París y Babilonia. En aquella ciudad imaginaria cobraron vida una serie de aventuras complejas, escritas en secreto en sus «libritos», sin que ni las personas más cercanas —su padre, su tía y el personal doméstico— fuesen informadas de su existencia. Estos libritos —fueron varios cientos de ellos— tenían el tamaño de una caja de cerillas (4 × 7 cm) y los cosían con un hilo. Todos se llenaron de una escritura muy fina, utilizando con mucha frecuencia caracteres tipo imprenta, muy ajustados y sin puntuación; se adornaban con dibujos explicativos, diagramas, mapas, grabados de paisajes y edificios realizados por Branwell, que tenía la mejor mano para la tarea. Estaban escritos en prosa, aunque a veces se ofrecían pausas con los poemas que expresaban sus estados de ánimo, sus inquietudes y sus vacilaciones. Preparaban los textos en conjunto, seleccionaban lo mejor y lo registraban en esos libritos, que guardaban celosamente.

En 1831, a sus quince años, Charlotte fue enviada a la escuela de la señorita Wooler en Roe Head, al sur de Bradford. El padre podría haberla enviado a un lugar más cercano, lo que habría sido menos costoso, pero la señorita Wooler y sus hermanas dirigían una escuela con muy buena reputación, incluso algunos fabricantes adinerados enviaban a sus hijas allí. La elección de escuela resultó excelente, pero Charlotte fue infeliz en ella; consiguió una buena educación y conoció a amigas para toda la vida, pero decidió marcharse. Tres años más tarde, la señorita Wooler llamó a su antigua alumna para que fuese su ayudante. La familia decidió que la acompañase Emily, para que pudiera continuar con sus cursos, ya que allí no tendría que pagar y los gastos se sufragarían con parte del salario de Charlotte. En 1835, las hermanas salieron de la casa parroquial el mismo día que su hermano Branwell, con gran excitación, escribió un borrador para una carta a la *Royal Academy of Arts* de Londres, carta en la que solicitaba presentar sus dibujos como candidatura para ser un alumno a prueba.

Al marcharse Charlotte a Roe Head, Emily y Anne (calificadas como «gemelas» por sus edades tan cercanas) marcaron su independencia frente a Branwell y recrearon *Gondal* como una secesión de la *Ciudad de Cristal,* siendo Emily la inspiración para este nuevo mundo dirigido por una mujer. Mientras tanto, Charlotte escapó de la monotonía con el mundo de *Angria,* que continúa en desarrollo a través de las cartas con su hermano. De vacaciones en la casa, retomaba la saga y escribía largos capítulos, siendo reprendida por el padre al no participar debidamente en los asuntos de la parroquia. Charlotte tuvo una idea a la que se entregó plenamente. Pensaba que ella y sus hermanas tenían toda la capacidad intelectual necesaria para fundar una escuela para niñas. El salón de la casa parroquial serviría de alojamiento para la escuela. Como la enseñanza incluía la práctica de lenguas extranjeras, decidieron ir a Bélgica a perfeccionarse ellas mismas. En 1842, Charlotte y Emily viajaron a Bruselas en compañía de su padre. Se inscribieron en la escuela de los Heger, durante seis meses. Las clases del matrimonio eran muy apreciadas y las dos hermanas mostraron que eran muy buenas estudiantes. Emily aprendió alemán y se esforzó en dominar el piano hasta brillar en él. Al final de los seis meses, la señora Heger les ofreció quedarse gratis a cambio de dar clases en varios cursos. Aceptaron tras haber informado al padre y a la tía, y Charlotte enseñaba inglés y Emily, música. Un año después, Charlotte, que estuvo enamorada de su profesor por algún tiempo sin ser correspondida, debió regresar a Haworth con motivo de la muerte de su tía. La vida en la casa parroquial se le hizo más difícil que antes de marcharse, y su padre perdió la vista. Pero fue operado con éxito de cataratas en Manchester, ciudad donde ella empezó a escribir *Jane Eyre.*

En todo momento, sobre las tres hermanas pesaba la pesada sombra de lo que les ocurriría en el caso de que su padre muriese, pues no tenía buena salud y era muy probable que con su muerte perdiesen también la casa y acabaran en la miseria. No imaginaron que el padre llegaría a una edad avanzada y que tendría que pasar seis veces por la peor de las experiencias para un padre, tener que enterrar a sus hijos. Pero, ¿qué podía hacer una mujer que no fuese rica, pero que tampoco pertenecía a la clase trabajadora? Esto era un problema para las hermanas, que fuera del círculo cerrado de unas pocas familias amigas tenían poco o ningún contacto con la población. Ellas estaban entre las personas con conocimientos, pero el padre tenía unos honorarios modestos, sin perspectivas de mejora. Las únicas soluciones posibles eran un matrimonio honesto con algún buen partido, cosa que ellas no buscaban de manera alguna, o dos ocupaciones viables: o bien convertirse en una «dama de compañía» de alguna señora rica y sola, o bien ser maestras de escuela o institutrices privadas, educando niños que a menudo eran rebeldes. En palabras de Charlotte, «una institutriz privada no tiene existencia, no se la considera un ser vivo y racional excepto para todos aquellos tediosos deberes que ha de cumplir».

Las hermanas tenían la costumbre de burlarse de los vicarios que conocían. El reverendo Arthur Bell Nicholls era vicario en Haworth cuando, contra todo pronóstico y por sorpresa, le propuso matrimonio a Charlotte en 1853. Ella estaba impresionada por su dignidad y su voz sonora, pero lo encontraba rígido y convencional, del tipo de mente estrecha como todos los demás vicarios, y declinó la oferta. Pero terminó casándose con él en 1854. Su vida cambió por completo. Cumplió sus deberes de esposa y escribía a sus amigas diciendo que el señor Nicholls era bueno y atento. Sin embargo, estaba horrorizada por su nueva condición y en una carta de mitad de ese año le escribió a una amiga: «Realmente es una cosa solemne, extraña y peligrosa para una mujer convertirse en una esposa». Charlotte murió al año siguiente, 1855, a los treinta y nueve años, casi la misma edad que tenía su madre al morir. La causa oficial fue la tuberculosis, aunque se propuso también la hipótesis del tifus o de complicaciones por un embarazo tardío.

Durante mucho tiempo, todas las esperanzas estuvieron puestas en Patrick Branwell, el hermano varón. Su padre y sus hermanas lo consideraban un genio. Era ambidiestro y capaz de escribir dos cartas diferentes a la vez. Poseía un talento que mostraba a menudo en la posada del pueblo, donde era conocido por entretener a los visitantes y cuyos beneficios se traducían en grandes vasos que él no rechazaba. Era un joven inteligente y de gran talento, siempre interesado en la mecánica, la música, la historia, las lenguas antiguas y, sobre todo, la literatura. Con frecuencia actuaba como la fuerza impulsora en la construcción de reinos imaginarios con sus hermanas, haciendo dúo con Charlotte. Contaba con buena mano para los pinceles, afición a la que lo animó el padre. En un intento de hacerse un nombre como pintor (profesión lucrativa siempre que se tengan clientes ricos) se trasladó a Londres para estudiar en la *Royal Academy of Arts*. Pero no asistió a las clases y prefirió dilapidar el poco dinero que su padre le había dado. Después intentó ocuparse de pequeñas responsabilidades en la Compañía de Ferrocarrilles de la línea entre Leeds y Manchester, pero lo despidieron por faltas en la contabilidad. Poco después se hundió en el alcohol, el opio y el láudano, y frecuentemente era incapaz de mantener el equilibrio. Emily debía ir a buscarlo a menudo a la taberna, que estaba frente a la rectoría, y traerlo de vuelta a su cama.

Anne era por entonces la institutriz de la familia Robinson. Fue contratada en 1843 como tutora del niño de la familia, pero dejó el cargo y un mes más tarde fue enviado allí Branwell. Éste chocó con el señor Robinson, que lo acusó de tener una aventura con su esposa y prometió destrozarlo. La investigación posterior ha especulado con que Branwell fuera el padre de un niño ilegítimo. Él había sentido un amor sincero por la esposa, que pertenecía a la gran burguesía terrateniente, y su regreso a Haworth lo hundió en una gran depresión, de la que trató de salir a base de alcohol y drogas, mientras mantenía la esperanza de que la señora Robinson lograse el divorcio y se casara con él. La repentina muerte del señor Robinson lo llevó a la conclusión de que no existía esa posibilidad, ya que no estaba seguro de que ella tuviese ese mismo interés y en el testamento del marido existía la condición de que la viuda heredase la propiedad, siempre y cuando no tuviese jamás contacto alguno con él. Tras varios años de decadencia y de meses de sufrimiento, murió en 1848 de una tuberculosis diagnosticada de modo tardío, que su cuerpo, debilitado y desgastado por el *delirium tremens* no pudo resistir. El golpe fue tan brutal, que Emily murió tres meses después, también de tuberculosis, y en mayo del año siguiente murió también Anne, víctima de la misma enfermedad.

Los «Poemas de Currer, Ellis y Acton Bell»

Las historias que Charlotte y Branwell fueron desarrollando sobre *Angria*, en colaboración y concurso a la vez con Emily y Anne con sus escritos sobre *Gondal,* llegaron a su fin con la muerte del hermano. En aquellas páginas habían incluido también pequeños poemas relativos a sus mundos imaginarios. En 1825 habían descubierto a Lord Byron, muerto el año anterior, cuyo nombre se convirtió para los hermanos en «sinónimo de todas las prohibiciones y de todas las audacias, así como suscitó el levantamiento de las inhibiciones», lanzándolos plenamente al espíritu del Romanticismo.

En el otoño de 1845, Charlotte vio un librito con la escritura de Emily que se había quedado olvidado en la sala tras usar la hermana su escritorio portátil. Leyó, deslumbrada, aquellos versos secretos y desconocidos de Emily. La profundidad y la belleza de los poemas la hicieron experimentar «más que una sorpresa, una profunda convicción de que había en esos versos unas manifestaciones extraordinarias, una poesía muy diferente a la que escribían habitualmente las mujeres. He encontrado estos poemas densos, recogidos, vigorosos y genuinos. Para mi oído, su canto era algo singular, salvaje y melancólico que me llevaba a elevarme». Decidió que deberían publicarse, a pesar de que Emily se encolerizó al ver que habían sido descubiertos, pues los escribía sólo para sí misma, pero al final la convencieron y aceptó.

Charlotte concibió la idea de una publicación conjunta de unos veinte poemas individuales de cada una. Teniendo en cuenta el prejuicio de la época, decidieron hacerlo bajo seudónimos de apariencia masculina, y así Charlotte fue «Currer», Emily fue «Ellis» y Anne fue «Acton», nombres que seguían las iniciales de cada una. Tras varios intentos, como apellido conjunto eligieron Bell, basado aparentemente en el vicario Arthur Bell Nicholls. En 1846, pagándose ellas mismas la edición, se publicó el libro *Poemas de Currer, Ellis y Acton Bell*. Sólo se vendieron dos ejemplares y dos fueron las únicas reseñas que recibió el libro. La repercusión que tuvo fue nula, el libro fue un completo fracaso editorial.

Pero el fracaso de sus poemas no sólo no las abatió, sino que les sirvió de acicate para las producciones literarias de cada una. Y así, al año siguiente, 1847, aparecieron las novelas *Jane Eyre,* de Charlotte; *Cumbres borrascosas,* de Emily, y *Agnes Grey,* de Anne. *Jane Eyre* estableció la reputación de Charlotte y su fama como escritora respetable. En 1848 Charlotte se decidió a romper el secreto y desvelar el nombre auténtico de las autoras. Anne y ella fueron a Londres para probar con la editorial Smith, Elder & Co., estableciéndose cada hermana como una escritora independiente y con su propio nombre. Por la popularidad inmediata que alcanzó *Jane Eyre,* las obras *Cumbres borrascosas,* de Emily, *La inquilina de Wildfell Hall,* de Anne, y *Villette,* también de Charlotte, empezaron a ser consideradas obras maestras de la Literatura universal, junto con los Poemas en su tríada de autoras. Sólo cabe imaginar lo que habrían podido escribir de no haber padecido unas vidas tan breves, pues con estas obras desmintieron tajantemente los prejuicios de los que la época estaba llena acerca del lugar que debían ocupar las mujeres: «la literatura no tiene razón de ser en la vida de una mujer, ya que ella no puede conocer su ser. Cuanto más se consagre a los deberes que la incumben, menos libertad de práctica tendrá, incluso si tiene talento o si lo hace como una diversión». Las novelas y los poemas magistrales de las hermanas Brontë muestran cuál es realmente el puesto de la mujer en la Literatura universal.

POEMAS

EDICIÓN BILINGÜE

PILATE'S WIFE'S DREAM

I've quenched my lamp, I struck it in that start
Which every limb convulsed, I heard it fall—
The crash blent with my sleep, I saw depart
Its light, even as I woke, on yonder wall;
Over against my bed, there shone a gleam
Strange, faint, and mingling also with my dream.

It sunk, and I am wrapt in utter gloom;
How far is night advanced, and when will day
Retinge the dusk and livid air with bloom,
And fill this void with warm, creative ray?
Would I could sleep again till, clear and red,
Morning shall on the mountain-tops be spread!

I'd call my women, but to break their sleep,
Because my own is broken, were unjust;
They've wrought all day, and well-earned slumbers steep
Their labours in forgetfulness, I trust;
Let me my feverish watch with patience bear,
Thankful that none with me its sufferings share.

Yet, Oh, for light! one ray would tranquillize
My nerves, my pulses, more than effort can;
I'll draw my curtain and consult the skies:
These trembling stars at dead of night look wan,
Wild, restless, strange, yet cannot be more drear
Than this my couch, shared by a nameless fear.

All black—one great cloud, drawn from east to west,
Conceals the heavens, but there are lights below;
Torches burn in Jerusalem, and cast
On yonder stony mount a lurid glow.

EL SUEÑO DE LA MUJER DE PILATOS

Apagose mi lámpara, golpeada con un sobresalto
de miembros convulsos, la oí caer...
Se funde el golpe con mi sueño, veo partir
su luz al despertar, en la lejana pared;
sobre mi lecho reluce un extraño fulgor,
débil, también mezclado con mi sueño.

Se hunde y me envuelve una completa oscuridad.
¿Cuánto ha avanzado la noche? ¿Cuándo teñirá
de nuevo el día el lívido ocaso con su rubor,
para llenar este vacío con sus cálidos rayos creativos?
¡Ojalá pudiera dormir hasta que, clara y rosada,
la mañana se extendiera sobre la cima de las montañas!

Llamaría a mis mujeres, mas sería injusto
perturbar su sueño por hallarme yo insomne;
trabajan duro todo el día y confío en que
el merecido descanso impregne de olvido sus afanes;
permítanme sobrellevar mi febril vigilia con paciencia,
agradecida de que nadie comparta mi sufrimiento.

¡Oh, pero ansío la luz! Un rayo calmaría
mis nervios y mis latidos más que cualquier esfuerzo;
abriré mis cortinas y consultaré al cielo:
estas titilantes estrellas lucen pálidas en la madrugada,
tormentosas, inquietas, extrañas y no tan pesarosas, empero,
como mi lecho, el cual comparto con un temor indescriptible.

Oscuridad... Una gran nube, viajera de este a oeste,
oculta el cielo, pero se vislumbran luces debajo,
antorchas arden en Jerusalén y arrojan
sobre el lejano monte rocoso un brillante fulgor.

I see men stationed there, and gleaming spears;
A sound, too, from afar, invades my ears.

Dull, measured, strokes of axe and hammer ring
From street to street, not loud, but through the night
Distinctly heard—and some strange spectral thing
Is now upreared—and, fixed against the light
Of the pale lamps; defined upon that sky,
It stands up like a column, straight and high.

I see it all—I know the dusky sign—
A cross on Calvary, which Jews uprear
While Romans watch; and when the dawn shall shine
Pilate, to judge the victim will appear,
Pass sentence—yield him up to crucify;
And on that cross the spotless Christ must die.

Dreams, then, are true—for thus my vision ran;
Surely some oracle has been with me,
The gods have chosen me to reveal their plan,
To warn an unjust judge of destiny:
I, slumbering, heard and saw; awake I know,
Christ's coming death, and Pilate's life of woe.

I do not weep for Pilate—who could prove
Regret for him whose cold and crushing sway
No prayer can soften, no appeal can move;
Who tramples hearts as others trample clay,
Yet with a faltering, an uncertain tread,
That might stir up reprisal in the dead.

Forced to sit by his side and see his deeds;
Forced to behold that visage, hour by hour,
In whose gaunt lines, the abhorrent gazer reads
A triple lust of gold, and blood, and power;
A soul whom motives, fierce, yet abject, urge
Rome's servile slave, and Judah's tyrant scourge.

How can I love, or mourn, or pity him?
I, who so long my fettered hands have wrung;
I, who for grief have wept my eye-sight dim;
Because, while life for me was bright and young,

Veo hombres allí apostados, veo brillantes lanzas;
un lejano sonido invade también mis oídos.

Sordos, medidos golpes de hacha y martillo
resuenan por cada calle, apagados, mas con un claro
retumbo en la noche. Un extraño y espectral objeto
se alza ahora y, a contraluz
de los pálidos hachones, definidos contra ese cielo,
se eleva como una columna, alta y recta.

Lo veo todo, conozco la oscura señal,
una cruz en el Calvario que los judíos izan
mientras los romanos miran; y cuando luzca el alba
Pilatos, para juzgar a la víctima, aparecerá,
dictará sentencia, que lo crucifiquen revelará,
y en esa cruz el inmaculado Cristo morir deberá.

Los sueños, pues, ciertos son, pues así fue mi visión;
sin duda algún oráculo me acompañó,
los dioses me han elegido para revelar sus planes,
para advertir a un injusto juez del destino:
yo, durmiendo, oí y vi; despierta sé de la inminente
muerte de Cristo y de la vida de congojas de Pilatos.

No lloro por Pilatos, pues quién podría lamentarse
por aquel cuya fría y demoledora influencia
ninguna plegaria puede suavizar, ninguna apelación lo conmoverá;
quien pisa corazones como otros pisan el barro,
aunque con pisadas vacilantes e inciertas
que podrían suscitar represalias contra los muertos.

Obligada a sentarme a su lado y ver sus actos;
obligada a contemplar ese rostro hora tras hora,
en cuyas demacradas facciones el abominable observador
lee una triple lujuria de oro, de sangre, de poder;
un alma acosada por impulsos atroces y repulsivos,
servil esclavo de Roma, tirano azote de Judea.

¿Cómo puedo amarlo, o llorarlo, o compadecerlo?
Yo, que durante tanto tiempo me retorcí las encadenadas manos;
yo, que he llorado de dolor hasta oscurecer mi vista;
pues, cuando mi vida era joven y brillante,

He robbed my youth—he quenched my life's fair ray—
He crushed my mind, and did my freedom slay.

And at this hour—although I be his wife—
He has no more of tenderness from me
Than any other wretch of guilty life;
Less, for I know his household privacy—
I see him as he is—without a screen;
And, by the gods, my soul abhors his mien!

Has he not sought my presence, dyed in blood—
Innocent, righteous blood, shed shamelessly?
And have I not his red salute withstood?
Aye,—when, as erst, he plunged all Galilee
In dark bereavement—in affliction sore,
Mingling their very offerings with their gore.

Then came he—in his eyes a serpent-smile,
Upon his lips some false, endearing word,
And, through the streets of Salem, clanged the while,
His slaughtering, hacking, sacrilegious sword—
And I, to see a man cause men such woe,
Trembled with ire—I did not fear to show.

And now, the envious Jewish priests have brought
Jesus—whom they in mockery call their king—
To have, by this grim power, their vengeance wrought;
By this mean reptile, innocence to sting.
Oh! could I but the purposed doom avert,
And shield the blameless head from cruel hurt!

Accessible is Pilate's heart to fear,
Omens will shake his soul, like autumn leaf;
Could he this night's appalling vision hear,
This just man's bonds were loosed, his life were safe,
Unless that bitter priesthood should prevail,
And make even terror to their malice quail.

Yet if I tell the dream—but let me pause.
What dream? Erewhile the characters were clear,
Graved on my brain—at once some unknown cause
Has dimm'd and razed the thoughts, which now appear,

me robó la juventud, apagó el hermoso rayo de mi vida,
aplastó mi mente y me arrebató la libertad.

Y en esta hora, aunque sea su esposa,
no recibe más ternura por mi parte
que cualquier otro desdichado de vida culpable;
menos, pues conozco la intimidad de su hogar,
lo veo como es, sin filtros;
¡y, por los dioses, mi alma aborrece su semblante!

¿No ha buscado mi presencia, teñido de sangre,
sangre honrada e inocente, derramada sin pudor?
¿Y no he soportado su saludo carmesí?
Ay, cuando como en tiempos pasados sumergió a Galilea
en oscuro duelo, en llagas de sufrimiento,
mezclando sus propias ofrendas con su sangre.

Entonces llegó él, en sus ojos una sonrisa artera,
en sus labios palabras de falso cariño,
y por las calles de Jerusalén tintineaba
su asesina, cortante y sacrílega espada,
y yo, al ver a un hombre infligir tanto dolor,
temblaba de ira, ira que no temía demostrar.

Y ahora, los envidiosos sacerdotes judíos lo han traído.
A Jesús, a quien llaman su rey en burla,
para que este nefasto poder lleve a cabo su venganza;
a manos de este reptil mezquino se perderá la inocencia.
¡Oh, si pudiera evitar la perdición propuesta
y proteger la intachable cabeza del cruel daño!

El corazón de Pilatos es accesible al temor,
augurios estremecerán su alma como una hoja otoñal;
si pudiera oír la espantosa visión de esta noche,
las ataduras de este hombre justo se soltarían, su vida se salvaría,
a menos que ese resentido sacerdocio prevalezca
y haga temblar hasta el terror a su malicia.

Pero si cuento el sueño... permítanme una pausa.
¿Qué sueño? Los personajes que antes eran claros,
grabados en mi mente, de pronto una causa desconocida
atenuó y demolió los pensamientos que ahora aparecen

Like a vague remnant of some by-past scene;–
Not what will be, but what, long since, has been.

I suffered many things, I heard foretold
A dreadful doom for Pilate,–lingering woes,
In far, barbarian climes, where mountains cold
Built up a solitude of trackless snows,
There, he and grisly wolves prowled side by side,
There he lived famish'd–there methought he died;

But not of hunger, nor by malady;
I saw the snow around him, stained with gore;
I said I had no tears for such as he,
And, lo! my cheek is wet–mine eyes run o'er;
I weep for mortal suffering, mortal guilt,
I weep the impious deed–the blood self-spilt.

More I recall not, yet the vision spread
Into a world remote, an age to come–
And still the illumined name of Jesus shed
A light, a clearness, through the unfolding gloom–
And still I saw that sign, which now I see,
That cross on yonder brow of Calvary.

What is this Hebrew Christ? To me unknown,
His lineage–doctrine–mission–yet how clear,
Is God-like goodness, in his actions shown!
How straight and stainless is his life's career!
The ray of Deity that rests on him,
In my eyes makes Olympian glory dim.

The world advances, Greek, or Roman rite
Suffices not the inquiring mind to stay;
The searching soul demands a purer light
To guide it on its upward, onward way;
Ashamed of sculptured gods–Religion turns
To where the unseen Jehovah's altar burns.

Our faith is rotten, all our rites defiled,
Our temples sullied, and methinks, this man,
With his new ordinance, so wise and mild,
Is come, even as he says, the chaff to fan

como vagos vestigios de alguna escena pasada;
no de lo que será, sino de lo que ha sido desde entonces.

He sufrido muchas cosas, he oído predicciones
de un terrible destino para Pilatos, persistentes infortunios
en climas lejanos y bárbaros, donde frías montañas
construyen una soledad de nieve sin sendas.
Allí él y siniestros lobos merodearán juntos,
allí vivirá, allí pasará hambre, y allí creo que morirá.

Pero no de hambre ni de enfermedad;
vi la nieve a su alrededor manchada de crúor;
dije que no tenía lágrimas para alguien como él,
mas, ¡mirad mis húmedas mejillas! Mis ojos se desbordan;
lloro por el sufrimiento mortal, la culpa mortal,
lloro por la impía acción, por la sangre autoderramada.

No recuerdo más, aun así la visión se expande
a un mundo remoto, a una era futura,
y el iluminado nombre de Jesús sigue arrojando
luz, claridad, en la oscuridad que se revela,
y aun así vi ese signo, signo que ahora veo,
esa cruz allá, en la cima del Calvario.

¿Qué es este Cristo hebreo? Desconocido para mí
su linaje, su doctrina, su misión; mas qué clara
se muestra la bondad divina en sus acciones,
cuán sincera e intachable es su vida.
El rayo de la Deidad que descansa sobre él
hace que, a mis ojos, la gloria del Olimpo se atenúe.

El mundo avanza; los ritos griegos o romanos
no bastan para que las mentes inquietas permanezcan;
el alma minuciosa exige una luz más pura
para guiarla en su camino ascendente, adelante;
avergonzada de dioses esculpidos, la religión se gira
hacia donde arde el invisible altar de Jehová.

Nuestra fe está podrida, todos nuestros ritos profanados,
nuestros templos mancillados y, creo, este hombre,
con su nueva ordenanza, tan sabio y apacible,
ha venido, incluso Él lo dice, para separar

And sever from the wheat; but will his faith
Survive the terrors of to-morrow's death?

* * *

I feel a firmer trust—a higher hope
Rise in my soul—it dawns with dawning day;
Lo! on the Temple's roof—on Moriah's slope
Appears at length that clear, and crimson ray,
Which I so wished for when shut in by night;
Oh, opening skies, I hail, I bless your light!

Part, clouds and shadows! glorious Sun appear!
Part, mental gloom! Come insight from on high!
Dusk dawn in heaven still strives with daylight clear,
The longing soul, doth still uncertain sigh.
Oh! to behold the truth—that sun divine,
How doth my bosom pant, my spirit pine!

This day, time travails with a mighty birth,
This day, Truth stoops from heaven and visits earth,
Ere night descends, I shall more surely know
What guide to follow, in what path to go;
I wait in hope—I wait in solemn fear,
The oracle of God—the sole—true God—to hear.

CURRER

la paja del trigo; pero ¿sobrevivirá su fe
a los terrores de la muerte de mañana?

* * *

Siento una confianza más firme, una esperanza
más elevada surge en mi alma, amanece con el nuevo día.
¡Mirad! Sobre el tejado del Templo, en la cuesta del Moriá
aparece al fin ese claro rayo carmesí
que yo tanto deseé al verme confinada por la noche;
¡oh, cielos abiertos, os recibo, bendigo vuestra luz!

¡Apartaos, nubes y sombras! ¡Que aparezca el glorioso sol!
¡Aparta, tristeza mental! ¡Ven, entendimiento, desde las alturas!
El alba del crepúsculo en el cielo aún lucha con la clara luz del día,
el alma anhelante aún suspira incierta.
¡Oh, contemplar la verdad, ese sol divino!
¡Cómo jadea mi pecho, cómo suspira mi espíritu!

Este día, el Tiempo se esfuerza con un poderoso parto;
este día, la Verdad baja de los cielos y visita la tierra;
antes de que caiga la noche sabré con más certeza
qué guía seguir, por qué camino ir;
espero con esperanza, espero con miedo solemne,
oír el oráculo de Dios, el único y verdadero Dios.

CURRER

FAITH AND DESPONDENCY

"The winter wind is loud and wild,
Come close to me, my darling child;
Forsake thy books, and mateless play;
And, while the night is gathering grey,
We'll talk its pensive hours away;–
"Ierne, round our sheltered hall
November's gusts unheeded call;
Not one faint breath can enter here
Enough to wave my daughter's hair,
And I am glad to watch the blaze
Glance from her eyes, with mimic rays;
To feel her cheek, so softly pressed,
In happy quiet on my breast.

"But, yet, even this tranquillity
Brings bitter, restless thoughts to me;
And, in the red fire's cheerful glow,
I think of deep glens, blocked with snow;
I dream of moor, and misty hill,
Where evening closes dark and chill;
For, lone, among the mountains cold,
Lie those that I have loved of old.
And my heart aches, in hopeless pain
Exhausted with repinings vain,
That I shall greet them ne'er again!"

"Father, in early infancy,
When you were far beyond the sea,
Such thoughts were tyrants over me!
I often sat, for hours together,

FE Y DESALIENTO

«El viento invernal es fuerte y salvaje,
acércate a mí, mi niña querida;
abandona tus libros y tus juegos solitarios;
y, mientras la noche se tiñe de gris,
pasaremos las pensativas horas hablando;—
«Ierne, en torno a nuestro resguardado salón
el llamado de las ráfagas de noviembre es ignorado;
ni un débil aliento puede entrar aquí
para perturbar el cabello de mi hija,
y me alegro de ver el resplandor
del fuego en sus ojos, que imitan rayos;
sentir su mejilla, presionada con tanta suavidad,
con feliz calma sobre mi pecho.

«Pero, aun así, incluso esta tranquilidad
me provoca pensamientos amargos, inquietos;
y, ante el alegre fulgor del rojo fuego,
pienso en profundas cañadas bloqueadas por la nieve;
sueño con los páramos y las colinas neblinosas,
donde cae la noche oscura y helada;
pues, solitarios, entre las frías montañas,
yacen aquellos a quienes amé antaño.
¡Y me duele el corazón, con un dolor sin esperanzas,
agotado con vanas quejas
de que nunca volveré a saludarlos!»

«¡Padre, en mi temprana infancia,
cuando usted estaba allende los mares,
tales pensamientos eran tiranos conmigo!
A menudo me sentaba, durante horas,

Through the long nights of angry weather,
Raised on my pillow, to descry
The dim moon struggling in the sky;
Or, with strained ear, to catch the shock,
Of rock with wave, and wave with rock;
So would I fearful vigil keep,
And, all for listening, never sleep.
But this world's life has much to dread,
Not so, my Father, with the dead.

"Oh! not for them, should we despair,
The grave is drear, but they are not there;
Their dust is mingled with the sod,
Their happy souls are gone to God!
You told me this, and yet you sigh,
And murmur that your friends must die.
Ah! my dear father, tell me why?
For, if your former words were true,
How useless would such sorrow be;
As wise, to mourn the seed which grew
Unnoticed on its parent tree,
Because it fell in fertile earth,
And sprang up to a glorious birth—
Struck deep its root, and lifted high
Its green boughs, in the breezy sky.

"But, I'll not fear, I will not weep
For those whose bodies rest in sleep,—
I know there is a blessed shore,
Opening its ports for me, and mine;
And, gazing Time's wide waters o'er,
I weary for that land divine,
Where we were born, where you and I
Shall meet our Dearest, when we die;
From suffering and corruption free,
Restored into the Deity."

"Well hast thou spoken, sweet, trustful child!
And wiser than thy sire;
And worldly tempests, raging wild,
Shall strengthen thy desire—
Thy fervent hope, through storm and foam,

durante las largas noches del rabioso clima,
apoyada en mi almohada, para vislumbrar
la tenue luna que lucha en el cielo;
o forzaba el oído para capturar el choque
de roca con ola, y de ola con roca;
y así mantengo una vigilia temerosa
y, por escuchar siempre, nunca duermo.
Pero la vida de este mundo tiene mucho que temer,
no así, Padre mío, de los muertos.

«¡Oh, no, por ellos no debemos desesperar,
la tumba es deprimente, pero no están allí;
su polvo está mezclado con la tierra,
sus almas felices se han reunido con Dios!
Usted me contó esto, y aun así suspira,
y murmura que sus amigos deben morir.
¡Ah! Mi querido padre, ¿dígame por qué?
Pues, si sus anteriores palabras eran ciertas,
qué inútil sería tal tristeza;
tan sensato como llorar por la semilla que creció
invisible del árbol que la engendró,
porque cayó en tierra fértil,
y brotó en un glorioso nacimiento—
hundió sus raíces profundas y elevó
sus verdes ramas a la brisa del cielo.

«Pero no temeré, no lloraré
por aquellos cuyos cuerpos descansan dormidos,
sé que hay una orilla bendecida,
abre sus puertos para mí y los míos;
y, contemplando las vastas aguas del Tiempo,
me agota esperar esa tierra divina,
donde nacimos, donde tú y yo
nos reuniremos con nuestros seres queridos cuando muramos;
libres de sufrimiento y corrupción,
restaurados en la Deidad.»

«¡Qué bien has hablado, dulce y crédula niña!
¡Y más sabia que tu progenitor;
y las mundanas tempestades, rugiendo salvajes,
reforzarán tu deseo—
tu ferviente esperanza, a través de tormentas y espuma,

Through wind and ocean's roar,
To reach, at last, the eternal home,
The steadfast, changeless, shore!"

ELLIS

a través del viento y el rugido del mar,
para llegar al fin al hogar eterno,
a la firme e inmutable orilla!»

ELLIS

A REMINISCENCE

Yes, thou art gone! and never more
Thy sunny smile shall gladden me;
But I may pass the old church door,
And pace the floor that covers thee,

May stand upon the cold, damp stone,
And think that, frozen, lies below
The lightest heart that I have known,
The kindest I shall ever know.

Yet, though I cannot see thee more,
'Tis still a comfort to have seen;
And though thy transient life is o'er,
'Tis sweet to think that thou hast been;

To think a soul so near divine,
Within a form, so angel fair,
United to a heart like thine,
Has gladdened once our humble sphere.

ACTON

UNA REMINISCENCIA

¡Sí, te has ido! Y nunca más
tu alegre sonrisa me regocijará;
pero puedo cruzar la puerta de la vieja iglesia,
y caminar por el suelo que te cubre,

puedo subirme a la fría y húmeda piedra,
y pensar que, congelado, debajo yace
el corazón más desenfadado que he conocido,
el más amable que jamás conoceré.

Y aunque no puedo verte más,
Sigue siendo un consuelo el haberte visto;
y aunque tu vida efímera ha terminado,
es agradable pensar que has existido;

pensar en un alma tan cerca de lo divino,
con forma de ángel tan hermoso,
unido a un corazón como el tuyo,
ha regocijado alguna vez nuestra humilde esfera.

ACTON

MEMENTOS

Arranging long-locked drawers and shelves
Of cabinets, shut up for years,
What a strange task we've set ourselves!
How still the lonely room appears!
How strange this mass of ancient treasures,
Mementos of past pains and pleasures;
These volumes, clasped with costly stone,
With print all faded, gilding gone;

These fans of leaves, from Indian trees–
These crimson shells, from Indian seas–
These tiny portraits, set in rings–
Once, doubtless, deemed such precious things;
Keepsakes bestowed by Love on Faith,
And worn till the receiver's death,
Now stored with cameos, china, shells,
In this old closet's dusty cells.

I scarcely think, for ten long years,
A hand has touched these relics old;
And, coating each, slow-formed, appears,
The growth of green and antique mould.

All in this house is mossing over;
All is unused, and dim, and damp;
Nor light, nor warmth, the rooms discover–
Bereft for years of fire and lamp.

The sun, sometimes in summer, enters
The casements, with reviving ray;
But the long rains of many winters
Moulder the very walls away.

RECUERDOS

Ordenar cajones y estantes de los armarios
cerrados desde hace mucho, cerrados durante años,
¡qué extraña tarea hemos emprendido!
¡Qué silenciosa parece la solitaria alcoba!
Cuán extraña esta masa de antiguos tesoros,
recuerdos de dolores y placeres pasados;
estos volúmenes, cerrados con costosa piedra,
con letras desvaídas, el baño de oro desaparecido;

estos abanicos de hojas de árboles indios—
estas conchas carmesíes de mares indios—
estos diminutos retratos engarzados en anillos—
sin duda, una vez fueron considerados objetos preciosos;
recuerdos otorgados por el Amor en la Fe,
llevados hasta la muerte del receptor,
ahora guardados con camafeos, porcelana, conchas,
en las polvorientas celdas de este viejo armario.

Apenas pienso que, durante diez largos años,
alguna mano haya tocado estas reliquias de antaño;
y, cubriendo cada una de ellas, con lenta formación, aparece
el crecimiento de un moho verde y antiguo.

Todo en esta casa está enmoheciendo;
todo está sin usar, y apagado, y húmedo;
ni la luz, ni el calor, descubren estas alcobas—
desprovistas durante años de fuego y lámparas.

En verano, a veces, el sol entra
por las ventanas con rayos resucitadores;
pero las largas lluvias de muchos inviernos
pudrieron las muchas paredes.

And outside all is ivy, clinging
To chimney, lattice, gable grey;
Scarcely one little red rose springing
Through the green moss can force its way.

Unscared, the daw, and starling nestle,
Where the tall turret rises high,
And winds alone come near to rustle
The thick leaves where their cradles lie.

I sometimes think, when late at even
I climb the stair reluctantly,
Some shape that should be well in heaven,
Or ill elsewhere, will pass by me.

I fear to see the very faces,
Familiar thirty years ago,
Even in the old accustomed places
Which look so cold and gloomy now.

I've come, to close the window, hither,
At twilight, when the sun was down,
And Fear, my very soul would wither,
Lest something should be dimly shown.

Too much the buried form resembling,
Of her who once was mistress here;
Lest doubtful shade, or moonbeam trembling,
Might take her aspect, once so dear.

Hers was this chamber; in her time
It seemed to me a pleasant room,
For then no cloud of grief or crime
Had cursed it with a settled gloom;

I had not seen death's image laid
In shroud and sheet, on yonder bed.
Before she married, she was blest–
Blest in her youth, blest in her worth;
Her mind was calm, its sunny rest
Shone in her eyes more clear than mirth.

Y fuera todo es hiedra, que se aferra
a la chimenea, a la celosía, a las grises tejas;
apenas una pequeña rosa roja que brota
a través del musgo verde puede abrirse paso.

Sin miedo, el rocío y el estornino anidan
donde el alto torreón se alza imponente,
y los vientos sólo se acercan para agitar
las gruesas hojas donde yacen sus cunas.

A veces pienso, cuando ya bien tarde
subo la escalera a regañadientes,
que alguna forma que debería estar en el cielo,
o enferma en alguna otra parte, pasará junto a mí.

Temo ver los mismos rostros,
familiares treinta años atrás,
incluso en los viejos lugares acostumbrados
que parecen tan fríos y oscuros ahora.

He venido aquí, para cerrar la ventana,
en el ocaso, cuando el sol había caído,
y el Miedo, toda mi alma se apagaría,
por temor de que algo se mostrase tenuemente.

Demasiado se parece la enterrada forma
a aquella que antaño fue señora aquí;
por temor de que una sombra dudosa, o un tembloroso rayo de luna,
adoptase su aspecto, una vez tan querido.

Suya era esta alcoba; en su época
me parecía una habitación agradable,
pues entonces ninguna sombra de pena o crimen
la había maldecido con una oscuridad perenne;

no había visto la imagen de la muerte yaciendo
con su mortaja y sábana en aquella cama.
Antes de casarse, ella estaba bendecida—
bendecida en su juventud, bendecida en su riqueza;
su mente estaba en calma, su alegre descanso
brillaba en sus ojos con más claridad que el júbilo.

And when attired in rich array,
Light, lustrous hair about her brow,
She yonder sat–a kind of day
Lit up–what seems so gloomy now.
These grim oak walls, even then were grim;
That old carved chair, was then antique;
But what around looked dusk and dim
Served as a foil to her fresh cheek;
Her neck, and arms, of hue so fair,
Eyes of unclouded, smiling, light;
Her soft, and curled, and floating hair,
Gems and attire, as rainbow bright.

Reclined in yonder deep recess,
Ofttimes she would, at evening, lie
Watching the sun; she seemed to bless
With happy glance the glorious sky.
She loved such scenes, and as she gazed,
Her face evinced her spirit's mood;
Beauty or grandeur ever raised
In her, a deep-felt gratitude.

But of all lovely things, she loved
A cloudless moon, on summer night;
Full oft have I impatience proved
To see how long, her still delight
Would find a theme in reverie.
Out on the lawn, or where the trees
Let in the lustre fitfully,
As their boughs parted momently,
To the soft, languid, summer breeze.
Alas! that she should e'er have flung
Those pure, though lonely joys away–
Deceived by false and guileful tongue,
She gave her hand, then suffered wrong;
Oppressed, ill-used, she faded young,
And died of grief by slow decay.

Open that casket–look how bright
Those jewels flash upon the sight;

Y cuando ataviada con ricos ropajes,
claro y lustroso cabello sobre su frente,
ella se sentaba allí—una especie de día
iluminaba—donde ahora parece tan oscuro.
Estas sombrías paredes de roble incluso entonces eran sombrías;
esa vieja silla labrada, era entonces una antigualla;
pero lo que a su alrededor lucía oscuro y tenue
servía de complemento a sus lozanas mejillas;
su cuello, sus brazos, de un tono tan claro,
ojos de luz despejada, sonriente;
su suave, y rizado, y flotante cabello,
gemas y vestiduras, brillantes como un arcoíris.

Reclinada en el profundo hueco acullá,
a menudo se tumbaba, por la noche,
a mirar el sol; ella parecía bendecir
el glorioso cielo con su mirada feliz.
Ella amaba tales escenas y, mientras miraba,
su rostro mostraba el ánimo de su espíritu;
belleza o grandeza siempre provocaban
en ella una profunda y sentida gratitud.

Pero de todas las cosas encantadoras, ella amaba
una luna sin nubes en una noche de verano;
muchas veces he mostrado impaciencia
por ver cuánto tiempo su callado deleite
encontraría un tema en su ensoñación
fuera en el césped, o donde los árboles
dejan pasar el fulgor intermitentemente,
cuando sus ramas se apartan por un instante,
ante la suave, lánguida brisa estival.
¡Ay! Ojalá ella hubiera lanzado lejos
esas puras, pero solitarias, alegrías—
engañada por una lengua falsa y astuta,
ella entregó su mano para luego sufrir mal;
oprimida, maltratada, se apagó joven,
y murió de pena tras un lento declive.

Abran ese joyero—miren cuán brillantes
relucen esas joyas al mirarlas;

The brilliants have not lost a ray
Of lustre, since her wedding day.
But see–upon that pearly chain–
How dim lies time's discolouring stain!
I've seen that by her daughter worn:
For, e'er she died, a child was born;
A child that ne'er its mother knew,
That lone, and almost friendless grew;
For, ever, when its step drew nigh,
Averted was the father's eye;
And then, a life impure and wild
Made him a stranger to his child;
Absorbed in vice, he little cared
On what she did, or how she fared.
The love withheld, she never sought,
She grew uncherished–learnt untaught;
To her the inward life of thought
Full soon was open laid.
I know not if her friendlessness
Did sometimes on her spirit press,
But plaint she never made.

The book-shelves were her darling treasure,
She rarely seemed the time to measure
While she could read alone.
And she too loved the twilight wood,
And often, in her mother's mood,
Away to yonder hill would hie,
Like her, to watch the setting sun,
Or see the stars born, one by one,
Out of the darkening sky.
Nor would she leave that hill till night
Trembled from pole to pole with light;
Even then, upon her homeward way,
Long–long her wandering steps delayed
To quit the sombre forest shade,
Through which her eerie pathway lay.

You ask if she had beauty's grace?
I know not–but a nobler face
My eyes have seldom seen;
A keen and fine intelligence,

los brillantes no han perdido ni un rayo
de lustre desde el día de su boda.
¡Pero miren, sobre esa cadena de perlas,
qué tenue se ve la mancha desteñida del tiempo!
He visto a su hija lucirla;
pues, aunque murió, una hija nació;
una hija que nunca su madre conoció,
que solitaria y casi sin amigos creció;
por siempre, cuando su paso se acercaba,
la mirada del padre se desviaba;
y entonces, una vida impura y salvaje,
lo hizo un extraño ante su linaje;
absorbido por el vicio, poco le importaba
lo que ella hacía o cómo le iba.
El amor retenido ella nunca buscó,
creció sin amor, aprendió sin lección;
para ella la interna vida de pensamiento
pronto se abrió por completo.
Desconozco si su falta de amistades
afectaba a veces la presión de su alma,
pero nunca lo dejó claro.

Las estanterías de libros eran su querido tesoro,
apenas parecía medir el tiempo
mientras pudiera leer a solas.
Y también le encantaba el bosque al ocaso,
y, a menudo, con el espíritu de su madre,
se apresuraba hacia aquella colina,
como ella, para mirar el sol poniente,
o para ver las estrellas nacer, una a una,
en el cielo que se oscurece.
Tampoco abandonaba esa colina hasta que la noche
temblaba de polo a polo con luz;
incluso entonces, de camino a su hogar,
mucho, mucho se retrasaban sus pasos errantes
para abandonar la sombría sombra del bosque,
a través de la cual yacía su inquietante sendero.

¿Preguntan si la favorecía la belleza?
No lo sé, pero un rostro más noble
rara vez han visto mis ojos;
una aplicada y afilada inteligencia,

And, better still, the truest sense
Were in her speaking mien.
But bloom or lustre was there none,
Only at moments, fitful shone
An ardour in her eye,
That kindled on her cheek a flush,
Warm as a red sky's passing blush
And quick with energy.
Her speech, too, was not common speech,
No wish to shine, or aim to teach,
Was in her words displayed:
She still began with quiet sense,
But oft the force of eloquence
Came to her lips in aid;
Language and voice unconscious changed,
And thoughts, in other words arranged,
Her fervid soul transfused
Into the hearts of those who heard,
And transient strength and ardour stirred,
In minds to strength unused.
Yet in gay crowd or festal glare,
Grave and retiring was her air;
'Twas seldom, save with me alone,
That fire of feeling freely shone;
She loved not awe's nor wonder's gaze,
Nor even exaggerated praise,
Nor even notice, if too keen
The curious gazer searched her mien.
Nature's own green expanse revealed
The world, the pleasures, she could prize;
On free hill-side, in sunny field,
In quiet spots by woods concealed,
Grew wild and fresh her chosen joys,
Yet Nature's feelings deeply lay
In that endowed and youthful frame;
Shrined in her heart and hid from day,
They burned unseen with silent flame;
In youth's first search for mental light,
She lived but to reflect and learn,
But soon her mind's maturer might
For stronger task did pant and yearn;
And stronger task did fate assign,

y, aún mejor, la sensatez más verdadera
residía en sus maneras al hablar.
Pero no había lozanía ni brillo,
sólo en ocasiones, inquieto brillaba
un ardor en su mirada,
que encendía un rubor en sus mejillas,
cálido como un efímero resplandor en el cielo rojo,
con rápida energía.
Su discurso, también, no era un discurso común,
ni el deseo de brillar, ni el propósito de enseñar
se mostraba en sus palabras:
comenzaba con calmada sensatez,
pero a menudo la fuerza de la elocuencia
brotaba de sus labios como ayuda;
lenguaje y voz sin querer cambiaban,
y los pensamientos, con otras palabras dispuestos,
su ferviente alma penetraba
en los corazones de aquellos que escuchaban,
y efímera fuerza y ardor provocaban
en mentes desacostumbradas a la fortaleza.
Mas en reuniones alegres o ambientes festivos,
era su carácter serio y retraído;
era en raras ocasiones, salvo a solas conmigo,
que el fuego de los sentimientos ardía libremente;
no gustaba de las miradas de admiración o sorpresa,
ni siquiera del halago exagerado,
ni siquiera se percataba de las ansiosas
miradas curiosas que contemplaban su comportamiento.
La propia extensión verde de la naturaleza revelaba
el mundo, los placeres, que ella valoraba;
en libres laderas de las colinas, en campos soleados,
en tranquilos lugares ocultos por los bosques,
crecían salvajes y lozanas sus alegrías escogidas,
pero los sentimientos de la Naturaleza yacían profundos
en ese marco dotado y juvenil;
venerado en su corazón y oculto al día,
ardían sin ser vistos con llamas silenciosas;
en la primera búsqueda juvenil de la luz mental,
ella vivía para reflexionar y aprender,
pero pronto su mente más madura
jadearía y ansiaría tareas más fuertes;
y una tarea más fuerte le asignó el destino,

Task that a giant's strength might strain;
To suffer long and ne'er repine,
Be calm in frenzy, smile at pain.
Pale with the secret war of feeling,
Sustained with courage, mute, yet high;
The wounds at which she bled, revealing
Only by altered cheek and eye;

She bore in silence—but when passion
Surged in her soul with ceaseless foam,
The storm at last brought desolation,
And drove her exiled from her home.

And silent still, she straight assembled
The wrecks of strength her soul retained;
For though the wasted body trembled,
The unconquered mind, to quail, disdained.

She crossed the sea—now lone she wanders
By Seine's, or Rhine's, or Arno's flow;
Fain would I know if distance renders
Relief or comfort to her woe.

Fain would I know if, henceforth, ever,
These eyes shall read in hers again,
That light of love which faded never,
Though dimmed so long with secret pain.

She will return, but cold and altered,
Like all whose hopes too soon depart;
Like all on whom have beat, unsheltered,
The bitter blasts that blight the heart.

No more shall I behold her lying
Calm on a pillow, smoothed by me;
No more that spirit, worn with sighing,
Will know the rest of infancy.

If still the paths of lore she follow,
'Twill be with tired and goaded will;
She'll only toil, the aching hollow,
The joyless blank of life to fill.

tarea que la fuerza de un gigante pondría a prueba;
sufrir mucho y nunca quejarse,
sentir calma en el frenesí, sonreír ante el dolor.
Pálida con la secreta guerra de sentimientos,
sustentada por la valentía, callada pero fuerte;
las heridas por las que sangraba, reveladas
sólo por su mirada y mejillas alteradas;

lo soportaba en silencio, pero cuando la pasión
surgió en su alma con incesante espuma,
la tormenta al fin trajo desolación,
y de su propio hogar la exilió.

Y en silencio aún, ella reunió en orden
los restos de fortaleza que su alma retenía;
pues aunque el cuerpo exangüe temblaba,
la indómita mente, por estremecerse, desdeñaba.

Cruzó el mar, solitaria ahora vaga
junto a las corrientes del Sena, el Rin, o el Arno;
de buen grado querría saber si la distancia
ofrece alivio o consuelo a su congoja.

De buen grado querría saber si, a partir de ahora,
alguna vez estos ojos volverán a leer en los suyos,
esa luz de amor que nunca se desvanecerá,
aunque largo tiempo atenuada por un dolor secreto.

Ella regresará, pero fría y alterada,
como todos cuyas esperanzas mueren demasiado pronto;
como todos a quienes han golpeado, desamparados,
los amargos estallidos que desintegran el corazón.

Ya no la veré más tumbada
tranquila sobre una almohada ahuecada por mí;
no más que ese espíritu, desgastado por los suspiros,
conocerá el descanso de la infancia.

Si aún sigue los caminos del acervo popular,
lo hará con voluntad cansada y aguijoneada;
sólo se esforzará por llenar
el doloroso vacío, el triste vacío de la vida.

And oh! full oft, quite spent and weary,
Her hand will pause, her head decline;
That labour seems so hard and dreary,
On which no ray of hope may shine.

Thus the pale blight of time and sorrow
Will shade with grey her soft, dark hair
Then comes the day that knows no morrow,
And death succeeds to long despair.

So speaks experience, sage and hoary;
I see it plainly, know it well,
Like one who, having read a story,
Each incident therein can tell.

Touch not that ring, 'twas his, the sire
Of that forsaken child;
And nought his relics can inspire
Save memories, sin-defiled.

I, who sat by his wife's death-bed,
I, who his daughter loved,
Could almost curse the guilty dead,
For woes, the guiltless proved.

And heaven did curse—they found him laid,
When crime for wrath was rife,
Cold—with the suicidal blade
Clutched in his desperate gripe.

'Twas near that long deserted hut,
Which in the wood decays,
Death's axe, self-wielded, struck his root,
And lopped his desperate days.

You know the spot, where three black trees,
Lift up their branches fell,
And moaning, ceaseless as the seas,
Still seem, in every passing breeze,
The deed of blood to tell.

¡Oh! Y a menudo, muy agotada y vacía,
su mano se detendrá, su cabeza se inclinará;
ese esfuerzo parece tan duro y sombrío,
que ningún rayo de esperanza brillará sobre él.

Así el pálido deterioro del tiempo y la pena
teñirá de gris su suave y oscuro cabello;
entonces llega el día que no conoce mañana,
y la muerte sucede a una larga desesperación.

Así habla la experiencia, sabia y vieja;
lo veo claramente, lo sé bien,
como quien, habiendo leído una historia,
cada incidente, por ello, puede relatar.

No toquen ese anillo, era de él,
del padre de esa abandonada hija;
y ninguna de sus reliquias puede inspirar
guardar recuerdos contaminados por el pecado.

Yo, que me senté junto al lecho de muerte de su esposa,
yo, que amé a su hija,
casi podría maldecir a los muertos culpables,
por las penalidades que las inocentes demostraron.

Y el cielo lo maldijo, lo encontraron yaciente,
cuando abundaba el delito de ira,
frío, con el acero suicida
sujeto en su desesperado agarre.

Fue cerca de esa choza largo tiempo abandonada,
que en los bosques se pudre,
el hacha de la muerte, autoinfligida, golpeó su raíz
y podó sus desesperados días.

Conocen el lugar, donde tres árboles negros
que alzaban sus ramas cayeron,
y gimiendo, constantes como el mar,
aún parecen, con cada brisa que pasa,
la hazaña de sangre contar.

They named him mad, and laid his bones
Where holier ashes lie;
Yet doubt not that his spirit groans,
In hell's eternity.

But, lo! night, closing o'er the earth,
Infects our thoughts with gloom;
Come, let us strive to rally mirth,
Where glows a clear and tranquil hearth
In some more cheerful room.

CURRER

Lo llamaron loco y enterraron sus huesos
donde cenizas más santas reposan;
mas no duden de que su alma gruñe
en la eternidad del infierno.

Pero ¡mirad! La noche que se cierne sobre la tierra
infecta nuestros pensamientos con tristeza;
vamos, esforcémonos por juntar alegría,
donde brilla un claro y tranquilo hogar
en alguna alcoba más alegre.

CURRER

STARS

Ah! why, because the dazzling sun
Restored our Earth to joy,
Have you departed, every one,
And left a desert sky?

All through the night, your glorious eyes
Were gazing down in mine,
And, with a full heart's thankful sighs,
I blessed that watch divine.

I was at peace, and drank your beams
As they were life to me;
And revelled in my changeful dreams,
Like petrel on the sea.

Thought followed thought, star followed star,
Through boundless regions, on;
While one sweet influence, near and far,
Thrilled through, and proved us one!

Why did the morning dawn to break
So great, so pure, a spell;
And scorch with fire, the tranquil cheek,
Where your cool radiance fell?

Blood-red, he rose, and, arrow-straight,
His fierce beams struck my brow;
The soul of nature, sprang, elate,
But mine *sank sad and low!*

My lids closed down, yet through their veil,
I saw him, blazing, still,

ESTRELLAS

¡Ah! ¿Por qué, cuando el deslumbrante sol
devolvió la alegría a nuestra Tierra,
os habéis marchado, todas y cada una,
para dejar un cielo desierto?

Durante toda la noche, vuestros gloriosos ojos
se miraban en los míos desde las alturas,
y, con corazón repleto de agradecidos suspiros,
yo bendecía esa vigilancia divina.

Me sentía en paz y bebía de vuestros rayos
como si me otorgaran la vida;
y me deleitaba en mis cambiantes sueños,
como un petrel en el mar.

¡Ideas seguidas de ideas, estrella seguida de estrella,
por todas las regiones infinitas;
mientras una dulce influencia, cercana y lejana,
pasaba emocionada y que somos uno demostraba!

¿Por qué rompería el alba de la mañana
un hechizo tan puro, tan magnífico;
y quemaría con fuego la serena mejilla
donde vuestro frío fulgor recaía?

Rojo sangre emergió él y, como una flecha,
sus feroces rayos golpearon mi frente;
¡el alma de la naturaleza surgió y se regocijó,
pero la mía se hundió triste en las profundidades!

Mis párpados se cerraron, mas a través de su velo
lo veo, aún ardiente,

And steep in gold the misty dale,
And flash upon the hill.

I turned me to the pillow, then,
To call back night, and see
Your worlds of solemn light, again,
Throb with my heart, and me!

It would not do–the pillow glowed,
And glowed both roof and floor;
And birds sang loudly in the wood,
And fresh winds shook the door;

The curtains waved, the wakened flies
Were murmuring round my room,
Imprisoned there, till I should rise,
And give them leave to roam.

Oh, stars, and dreams, and gentle night;
Oh, night and stars return!
And hide me from the hostile light,
That does not warm, but burn;

That drains the blood of suffering men;
Drinks tears, instead of dew;
Let me sleep through his blinding reign,
And only wake with you!

ELLIS

e impregna de oro el brumoso valle,
y reluce sobre las colinas.

¡Me giré hacia la almohada, entonces,
para reclamar la noche y ver, de nuevo,
vuestros mundos de solemne luz,
que palpitan con mi corazón y conmigo!

De nada servirá. La almohada relucía,
y relucían el techo y el suelo;
y los pájaros cantaban ruidosos en el bosque;
y los vientos fríos sacudían la puerta;

las cortinas ondeaban, las moscas despiertas
murmuraban por toda mi alcoba,
prisioneras allí hasta que yo me levantara
y les diera permiso para deambular.

¡Oh, estrellas y sueños y gentil noche;
oh, noche y estrellas, regresad!
Y ocultadme de la hostil luz
que no calienta, sino quema;

que drena la sangre de los hombres sufrientes;
bebe lágrimas en lugar de rocío;
permitidme dormir durante su cegador reinado,
para sólo despertar con vosotros!

ELLIS

THE PHILOSOPHER

"Enough of thought, philosopher!
Too long hast thou been dreaming
Unlightened, in this chamber drear,
While summer's sun is beaming!
Space-sweeping soul, what sad refrain
Concludes thy musings once again?

"Oh, for the time when I shall sleep
Without identity,
And never care how rain may steep,
Or snow may cover me!
No promised heaven, these wild desires,
Could all, or half fulfil;
No threatened hell, with quenchless fires,
Subdue this quenchless will!"

"So said I, and still say the same;
Still, to my death, will say–
Three gods, within this little frame,
Are warring night and day;
Heaven could not hold them all, and yet
They all are held in me;
And must be mine till I forget
My present entity!
Oh, for the time, when in my breast
Their struggles will be o'er!
Oh, for the day, when I shall rest,
And never suffer more!"

"I saw a spirit, standing, man,
Where thou dost stand–an hour ago,
And round his feet three rivers ran,

EL FILÓSOFO

«¡Basta de ideas, filósofo!
¡Demasiado tiempo llevas soñando
a oscuras, en esta deprimente alcoba,
mientras el sol del estío sigue brillando!
Espíritu de gran amplitud, ¿qué triste letanía
concluye tus meditaciones una vez más?

«¡Oh, por la hora en la que dormiré
sin identidad,
sin preocuparme jamás de que la lluvia pueda empaparme,
o que la nieve pueda cubrirme!
¡Ningún cielo prometido podría cumplir
estos deseos salvajes, ni todos ni la mitad;
ninguna amenaza de un infierno, con fuegos inapagables,
subyugará esta falta de saciedad!

«Así lo dije, y sigo diciendo lo mismo;
y aún hasta mi muerte diré que
tres dioses, dentro de esta pequeña complexión,
mantienen una disputa noche y día;
el Cielo no podría sujetarlos y, aun así,
están todos sujetos en mí;
¡y deben ser míos hasta que olvide
mi presente entidad!
¡Oh, por la hora en la que, en mi pecho,
sus luchas hayan acabado!
¡Oh, por el día en el que descansaré
y no sufriré nunca más!

«Vi un espíritu, erguido, un hombre,
donde te encuentras tú—hace una hora,
y alrededor de sus pies fluían tres ríos,

Of equal depth, and equal flow—
"A golden stream—and one like blood;
And one like sapphire, seemed to be;
But, where they joined their triple flood
It tumbled in an inky sea.
The spirit sent his dazzling gaze
Down through that ocean's gloomy night
Then, kindling all, with sudden blaze,
The glad deep sparkled wide and bright—
White as the sun, far, far more fair
Than its divided sources were!"

"And even for that spirit, seer,
I've watched and sought my life-time long;
Sought him in heaven, hell, earth and air—
An endless search, and always wrong!
Had I but seen his glorious eye
Once light the clouds that wilder me,
I ne'er had raised this coward cry
To cease to think and cease to be;
I ne'er had called oblivion blest,
Nor, stretching eager hands to death,
Implored to change for senseless rest
This sentient soul, this living breath—
Oh, let me die—that power and will
Their cruel strife may close;
And conquered good, and conquering ill
Be lost in one repose!"

ELLIS

de igual profundidad e igual flujo—
un riachuelo dorado—y uno como la sangre;
y uno que como un zafiro parecía ser;
pero, donde unían su triple riada,
se desbordaban en un negro mar.
El espíritu envió su deslumbrante mirada
por toda esa oscura noche del océano y,
entonces, prendiéndolo todo con repentino fulgor,
la alegre profundidad brillaba en toda su anchura—
¡Blanca como el sol y mucho, mucho más claro
que lo fueron sus divididas fuentes!

«E incluso a ese espíritu, vidente,
lo he observado y lo he buscado toda mi vida;
lo busqué en el cielo, infierno, tierra y aire—
¡Una interminable búsqueda, y siempre errada!
Si yo hubiera visto sus gloriosos ojos
iluminar una vez las nubes que me enloquecen,
nunca habría proferido este cobarde reclamo
para dejar de pensar y dejar de existir;
nunca habría llamado bendición al olvido,
ni, estirando ansiosos dedos hacia la muerte,
habría implorado cambiar por un descanso inconsciente
este alma sensible, este aliento de vida—
¡Oh, permíteme morir—ese poder y voluntad
su cruel conflicto concluirá;
y el bien conquistado, y el mal conquistador
se perderán en mi reposo!».

ELLIS

THE ARBOUR

I'll rest me in this sheltered bower,
And look upon the clear blue sky
That smiles upon me through the trees,
Which stand so thickly clustering by;

And view their green and glossy leaves,
All glistening in the sunshine fair;
And list the rustling of their boughs,
So softly whispering through the air.

And while my ear drinks in the sound,
My winged soul shall fly away;
Reviewing long departed years
As one mild, beaming, autumn day;

And soaring on to future scenes,
Like hills and woods, and valleys green,
All basking in the summer's sun,
But distant still, and dimly seen.

Oh, list! 'tis summer's very breath
That gently shakes the rustling trees—
But look! the snow is on the ground—
How can I think of scenes like these?

'Tis but the frost that clears the air,
And gives the sky that lovely blue;
They're smiling in a winter's sun,
Those evergreens of sombre hue.

LA PÉRGOLA

Descansaré en esta cubierta pérgola,
y contemplaré el claro cielo azul
que me sonríe a través de los árboles,
que se alzan agrupados con tanta densidad;

y veo sus verdes y brillantes hojas,
brillantes bajo el fulgor de los rayos del sol;
y escucho el susurro de sus ramas,
que susurran suavemente al aire.

Y mientras mi oído absorbe el sonido,
mi alada alma echará a volar;
revisando años que marcharon hace mucho
como un suave, radiante día otoñal;

y volar hacia futuras escenas,
como colinas y bosques, y verdes valles,
todos disfrutando del sol estival,
pero distante aún y vagamente visto.

¡Oh, escuchad! Es el aliento mismo del verano
que sacude gentil los susurrantes árboles—
pero ¡mirad! La nieve está en el suelo—
¿Cómo puedo pensar en escenas como estas?

No es más que la escarcha que despeja el aire,
y concede al cielo ese azul encantador;
están sonriendo bajo un sol invernal,
esos árboles perennes de sombrío color.

And winter's chill is on my heart–
How can I dream of future bliss?
How can my spirit soar away,
Confined by such a chain as this?

ACTON

Y el frío invernal reside en mi corazón—
¿Cómo puedo soñar con futura felicidad?
¿Cómo puede mi alma salir volando
confinada por una cadena como esta?

ACTON

HOME

How brightly glistening in the sun
The woodland ivy plays!
While yonder beeches from their barks
Reflect his silver rays.

That sun surveys a lovely scene
From softly smiling skies;
And wildly through unnumbered trees
The wind of winter sighs:

Now loud, it thunders o'er my head,
And now in distance dies.
But give me back my barren hills
Where colder breezes rise;

Where scarce the scattered, stunted trees
Can yield an answering swell,
But where a wilderness of heath
Returns the sound as well.

For yonder garden, fair and wide,
With groves of evergreen,
Long winding walks, and borders trim,
And velvet lawns between;

Restore to me that little spot,
With grey walls compassed round,
Where knotted grass neglected lies,
And weeds usurp the ground.

HOGAR

¡Cuán vivamente brilla bajo el sol
cuando la hiedra del bosque juega!
Mientras las hayas acullá, en sus cortezas,
sus plateados rayos reflejan.

Ese sol examina una encantadora escena
desde cielos que sonríen suavemente;
y salvaje entre innumerables árboles
el viento del invierno suspira:

fuerte ahora, truena sobre mi cabeza,
y ahora en la distancia muere.
Pero devuélvanme mis áridas colinas
donde brisas más frías surgen;

donde escasean los dispersos, atrofiados árboles
pueden conceder una oleada de respuesta,
mas donde un desierto de páramos
también devuelve el sonido.

Pues más allá del jardín, claro y amplio,
con bosquecillos de árboles perennes,
largos senderos sinuosos, y linderos podados,
y césped aterciopelado entre ambos;

devuélveme a ese pequeño lugar,
con grises muros que lo rodean,
donde la hierba nudosa yace desatendida,
y la maleza usurpa la tierra.

Hermanas Brontë

Though all around this mansion high
Invites the foot to roam,
And though its halls are fair within—
Oh, give me back my HOME!

ACTON

Aunque todo alrededor de esta alta mansión
invita a que los pies vaguen,
y aunque sus salones son hermosos—
¡Oh, devuélveme mi hogar!

ACTON

THE WIFE'S WILL

Sit still–a word–a breath may break
(As light airs stir a sleeping lake,)
The glassy calm that soothes my woes,
The sweet, the deep, the full repose.
O leave me not! for ever be
Thus, more than life itself to me!

Yes, close beside thee, let me kneel–
Give me thy hand that I may feel
The friend so true–so tried–so dear,
My heart's own chosen–indeed is near;
And check me not–this hour divine
Belongs to me–is fully mine.

'Tis thy own hearth thou sitt'st beside,
After long absence–wandering wide;
'Tis thy own wife reads in thine eyes,
A promise clear of stormless skies,
For faith and true love light the rays,
Which shine responsive to her gaze.

Aye,–well that single tear may fall;
Ten thousand might mine eyes recall,
Which from their lids, ran blinding fast,
In hours of grief, yet scarcely past,
Well may'st thou speak of love to me;
For, oh! most truly–I love thee!

Yet smile–for we are happy now.
Whence, then, that sadness on thy brow?
What say'st thou? "We must once again,
Ere long, be severed by the main?"

EL DESEO DE LA ESPOSA

Quédate quieto, una palabra, un suspiro puede romper
(como el leve aire agita un lago dormido),
la vítrea calma que alivia mis congojas,
el dulce, el profundo, el descanso total.
¡Oh, no me dejes! ¡Que sea siempre
así, más que la vida misma para mí!

Sí, cerca de ti, deja que me arrodille,
dame tu mano para que pueda sentir
que el amigo tan verdadero, tan probado, tan querido,
el elegido de mi corazón, en efecto está cerca;
y no me controles, pues esta hora divina
me pertenece; es completamente mía.

Es tu propio hogar junto al que te sientas,
tras larga ausencia, tras vagar por todas partes;
es tu propia esposa quien lee en tus ojos,
una promesa clara de cielos sin tormenta,
pues la fe y el amor verdadero encienden los rayos,
que brillan como respuesta a su mirada.

Sí, esa única lágrima bien puede caer;
diez mil podrían recordar mis ojos,
las cuales, desde sus párpados, corrían raudas a ciegas,
en horas de aflicción que apenas han pasado,
bien podrías hablarme de amor;
pues ¡oh! Es muy cierto... ¡Te quiero!

Mas sonríe, pues somos felices ahora.
¿De dónde viene, entonces, esa tristeza en tu frente?
¿Qué me dices? «¿Debemos, una vez más,
en breve, ser separados por lo principal?».

I knew not this–I deemed no more,
Thy step would err from Britain's shore.

"Duty commands?" 'Tis true–'tis just;
Thy slightest word I wholly trust,
Nor by request, nor faintest sigh
Would I, to turn thy purpose, try;
But, William–hear my solemn vow–
Hear and confirm!–with thee I go.

"Distance and suffering," did'st thou say?
"Danger by night, and toil by day?"
Oh, idle words, and vain are these;
Hear me! I cross with thee the seas.
Such risk as thou must meet and dare,
I–thy true wife–will duly share.

Passive, at home, I will not pine;
Thy toils–thy perils, shall be mine;
Grant this–and be hereafter paid
By a warm heart's devoted aid:
'Tis granted–with that yielding kiss,
Entered my soul unmingled bliss.

Thanks, William–thanks! thy love has joy,
Pure–undefiled with base alloy;
'Tis not a passion, false and blind,
Inspires, enchains, absorbs my mind;
Worthy, I feel, art thou to be
Loved with my perfect energy.

This evening, now, shall sweetly flow,
Lit by our clear fire's happy glow;
And parting's peace-embittering fear,
Is warned, our hearts to come not near;
For fate admits my soul's decree,
In bliss or bale–to go with thee!

CURRER

No sabía esto, no consideré más,
que tus pasos erraran lejos de las orillas británicas.

«¿El deber obliga?» Es cierto, es justo;
en tu más leve palabra confío por completo,
no por petición, ni el más débil suspiro
exhalaría para cambiar tu propósito;
pero, William, oye mi solemne juramento,
¡Óyelo y confirma! Contigo me voy.

¿«Distancia y sufrimiento», eso dices?
¿«Peligro de noche y esfuerzo de día»?
Oh, vacías palabras, e inútiles también;
¡Óyeme! Cruzo contigo los mares.
Tal riesgo como el que tú debes encarar y enfrentar,
yo, tu verdadera esposa, compartiré debidamente.

Pasiva, en el hogar, no languideceré;
tus esfuerzos, tus peligros, serán míos;
concédeme esto y serás desde ahora recompensado
con la devota ayuda de un cálido corazón:
está garantizado; con ese complaciente beso
entró en mi alma una inequívoca felicidad.

¡Gracias, William, gracias! Tu amor tiene gozo,
puro, inmaculado con aleación base;
no es una pasión, falsa y ciega,
que inspira, encadena, absorbe mi mente;
valiosa me siento, y tú serás
amado con mi perfecta energía.

¡Esta noche, ahora, fluirá dulcemente,
iluminada por el feliz fulgor de nuestro claro fuego;
y el miedo que amarga la paz de la despedida
queda advertido, nuestros corazones no se acercan;
pues el destino admite el decreto de mi alma,
en la dicha y en la pena, de ir contigo!

CURRER

67

REMEMBRANCE

Cold in the earth–and the deep snow piled above thee,
Far, far, removed, cold in the dreary grave!
Have I forgot, my only Love, to love thee,
Severed at last by Time's all-severing wave?

Now, when alone, do my thoughts no longer hover
Over the mountains, on that northern shore,
Resting their wings where heath and fern-leaves cover
Thy noble heart for ever, ever more?

Cold in the earth–and fifteen wild Decembers,
From those brown hills, have melted into spring:
Faithful, indeed, is the spirit that remembers
After such years of change and suffering!

Sweet Love of youth, forgive, if I forget thee,
While the world's tide is bearing me along;
Other desires and other hopes beset me,
Hopes which obscure, but cannot do thee wrong!

No later light has lightened up my heaven,
No second morn has ever shone for me;
All my life's bliss from thy dear life was given,
All my life's bliss is in the grave with thee.

But, when the days of golden dreams had perished,
And even Despair was powerless to destroy;
Then did I learn how existence could be cherished,
Strengthened, and fed without the aid of joy.

Then did I check the tears of useless passion–
Weaned my young soul from yearning after thine;

REMEMBRANZA

¡Frío en la tierra, y la profunda nieve apilada sobre ti,
lejos, lejos, eliminado, frío en la deprimente tumba!
¿He olvidado, mi único Amor, amarte,
eliminado al fin por la oleada del Tiempo que todo lo corta?

Ahora, a solas, ¿mis pensamientos ya no vuelan
sobre las montañas, en esa orilla norteña,
descansando sus alas donde el brezo y los helechos cubren
tu noble corazón por siempre y siempre jamás?

Frío en la tierra, y quince salvajes diciembres,
desde esas colinas marrones, se han fundido en primaveras:
¡pues fiel es el alma que recuerda
tras tales años de cambio y sufrimiento!

¡Dulce Amor de juventud, perdona, si te olvido,
mientras me dejo llevar por la corriente del mundo;
otros deseos y otras esperanzas me asolan,
esperanzas que ocultan, pero que no te perjudican!

Ninguna luz tardía ha iluminado mi cielo,
ninguna segunda mañana ha brillado jamás para mí;
toda la felicidad de mi vida me fue dada por tu cara vida,
toda la felicidad de mi vida está en la tumba contigo.

Pero, cuando los días de sueños dorados hayan perecido,
e incluso la Desesperación no tenga el poder de destruir;
entonces aprendí cómo podía valorarse la existencia,
reforzada y alimentada sin la ayuda de la alegría.

Entonces comprobé las lágrimas de inútil pasión—
desacostumbré a mi joven alma para que no ansiara la tuya;

Sternly denied its burning wish to hasten
Down to that tomb already more than mine.

And, even yet, I dare not let it languish,
Dare not indulge in memory's rapturous pain;
Once drinking deep of that divinest anguish,
How could I seek the empty world again?

ELLIS

con dureza negué su ardiente deseo de apresurarse
a bajar a esa tumba más que a la mía.

Y, aun entonces, no me atrevo a dejarla languidecer,
no me atrevo a entregarme al dolor exultante del recuerdo;
al haber bebido con ansias de esa angustia tan divina,
¿cómo podría volver a buscar el mundo vacío?

Ellis

VANITAS VANITATUM, OMNIA VANITAS

In all we do, and hear, and see,
Is restless Toil, and Vanity.
While yet the rolling earth abides,
Men come and go like ocean tides;

And ere one generation dies,
Another in its place shall rise;
That, sinking soon into the grave,
Others succeed, like wave on wave;

And as they rise, they pass away.
The sun arises every day,
And hastening onward to the West,
He nightly sinks, but not to rest:

Returning to the eastern skies,
Again to light us, he must rise.
And still the restless wind comes forth,
Now blowing keenly from the North;

Now from the South, the East, the West,
For ever changing, ne'er at rest.
The fountains, gushing from the hills,
Supply the ever-running rills;

The thirsty rivers drink their store,
And bear it rolling to the shore,
But still the ocean craves for more.
'Tis endless labour everywhere!
Sound cannot satisfy the ear,

VANITAS VANITATUM, OMNIA VANITAS

En todo lo que hacemos, oímos, vemos,
existe inquieto Esfuerzo y Vanidad.
Mientras la rodante tierra continúa,
los hombres, como las mareas del océano, vienen y van;

Y poco después de que una generación muera,
otra se alzará en su lugar;
así, hundiéndose pronto en la tumba,
otros prosperan, como ola tras ola;

Y cuando se alzan, ellos mueren.
El sol sale cada día,
y, apresurándose hacia el oeste,
se hunde cada noche, pero no para descansar;

Regresando a los cielos orientales,
de nuevo para iluminarnos, debe salir.
Y aun así el inquieto viento surge,
soplando con fuerza ahora desde el norte;

Ahora desde el sur, el este, el oeste,
siempre cambiante, nunca en paz.
Las fuentes, manando desde las colinas,
abastecen los riachuelos que siempre fluyen;

Los sedientos ríos beben sus provisiones,
y las llevan rodando hasta la orilla,
pero el océano sigue ansiando más.
¡Un trabajo interminable en todas partes!
El sonido no puede satisfacer el oído,

Light cannot fill the craving eye,
Nor riches half our wants supply;
Pleasure but doubles future pain,
And joy brings sorrow in her train;

Laughter is mad, and reckless mirth—
What does she in this weary earth?
Should Wealth, or Fame, our Life employ,
Death comes, our labour to destroy;

To snatch the untasted cup away,
For which we toiled so many a day.
What, then, remains for wretched man?
To use life's comforts while he can,

Enjoy the blessings Heaven bestows,
Assist his friends, forgive his foes;
Trust God, and keep his statutes still,
Upright and firm, through good and ill;

Thankful for all that God has given,
Fixing his firmest hopes on heaven;
Knowing that earthly joys decay,
But hoping through the darkest day.

Acton

la luz no puede llenar el ojo ansioso,
ninguna riqueza suple la mitad de nuestras necesidades;
el placer no hace más que duplicar el dolor futuro,
y el gozo trae dolor en su séquito;

la risa es locura e imprudente júbilo—
¿qué hace ella en esta agotada tierra?
Debe la Riqueza, o la Fama, nuestra Vida emplear,
la Muerte llega, para destruir nuestro trabajo;

Para arrebatarnos la copa sin probar,
por la que hemos trabajado duro tantas jornadas.
¿Qué, entonces, queda para el desdichado hombre?
Usar las comodidades de la vida mientras pueda,

disfrutar de las bendiciones que el Cielo concede,
asistir a sus amigos, perdonar a sus enemigos;
confiar en Dios, y mantener sus estatutos,
rectos y firmes, en lo bueno y en lo malo;

Agradecido por todo lo que Dios le ha dado,
centrando sus más firmes esperanzas en el cielo;
sabiendo que los gozos terrenales se pudren,
pero esperanzados durante el día más oscuro.

ACTON

THE WOOD[1]

But two miles more, and then we rest!
Well, there is still an hour of day,
And long the brightness of the West
Will light us on our devious way;
Sit then, awhile, here in this wood–
So total is the solitude,
We safely may delay.

These massive roots afford a seat,
Which seems for weary travellers made.
There rest. The air is soft and sweet
In this sequestered forest glade,
And there are scents of flowers around,
The evening dew draws from the ground;
How soothingly they spread!

Yes; I was tired, but not at heart;
No–that beats full of sweet content,
For now I have my natural part
Of action with adventure blent;
Cast forth on the wide world with thee,
And all my once waste energy
To weighty purpose bent.

Yet–say'st thou, spies around us roam,
Our aims are termed conspiracy?
Haply, no more our English home
An anchorage for us may be?

---

[1]   The preceding composition refers, doubtless, to the scenes acted in France during the last year
of the Consulate. (Translato's note).

EL BOSQUE[1]

¡Sólo dos millas más, y entonces descansamos!
Pues aún queda una hora de día,
y por mucho tiempo el brillo del oeste
nos iluminará en nuestro sinuoso camino;
siéntate un rato, aquí en este bosque—
tan absoluta es la soledad,
podemos retrasarnos sin riesgo.

Estas enormes raíces nos ofrecen asiento,
que parece hecho para viajeros cansados.
Descansa ahí. El aire es suave y dulce
en este aislado calvero del bosque,
y nos rodean aromas de flores
que el rocío vespertino extrae del suelo;
¡cuán dulcemente se propagan!

Sí, yo estaba cansada, pero no en mi corazón;
no, ese late pleno de dulce contento,
pues ahora recibo mi parte natural
de acción con una mezcla de aventura;
lanzada al ancho mundo contigo,
y toda mi energía antes desperdiciada
a un importante propósito se ve inclinada.

Pero ¿dices que vagan espías a nuestro alrededor,
y nuestros propósitos se denominan conspiración?
¿Quizás nuestro hogar inglés
ya no sea un fondeadero para nosotros?

---

[1]   Nota incluida en el original: Esta composición se refiere, sin duda, a las escenas realizadas en Francia durante el último año del Consulado. *(N. del T.)*

That there is risk our mutual blood
May redden in some lonely wood
The knife of treachery?

Say'st thou–that where we lodge each night,
In each lone farm, or lonelier hall
Of Norman Peer–ere morning light
Suspicion must as duly fall,
As day returns–such vigilance
Presides and watches over France,
Such rigour governs all?

I fear not, William; dost thou fear?
So that the knife does not divide,
It may be ever hovering near:
I could not tremble at thy side,
And strenuous love–like mine for thee–
Is buckler strong, 'gainst treachery,
And turns its stab aside.

I am resolved that thou shalt learn
To trust my strength as I trust thine;
I am resolved our souls shall burn,
With equal, steady, mingling shine;
Part of the field is conquered now,
Our lives in the same channel flow,
Along the self-same line;

And while no groaning storm is heard,
Thou seem'st content it should be so,
But soon as comes a warning word
Of danger–straight thine anxious brow
Bends over me a mournful shade,
As doubting if my powers are made
To ford the floods of woe.

Know, then it is my spirit swells,
And drinks, with eager joy, the air
Of freedom–where at last it dwells,
Chartered, a common task to share
With thee, and then it stirs alert,

¿Es que existe el riesgo de que nuestra mutua sangre
enrojezca en algún bosque solitario
el filo de la traición?

¿Dices que donde nos alojamos cada noche,
en cada granja solitaria o en cada salón aún más solitario
de los pares normandos, antes del amanecer
la sospecha debe caer,
como el día regresa, tal vigilancia
preside y vela sobre Francia,
tal rigor lo gobierna todo?

No tengo miedo, William; ¿tienes miedo?
Para que el cuchillo no divida,
puede que siempre ronde cerca:
no podría temblar a tu lado,
y el amor arduo, como el mío por ti,
es un broquel fuerte contra la traición
y desvía su puñalada.

Estoy decidida a que aprendas
a confiar en mi fuerza como yo confío en la tuya;
estoy decidida a que nuestras almas ardan
con igual, firme, mezclado fulgor;
parte del campo ya ha sido conquistado,
nuestras vidas fluyen por el mismo canal,
por la mismísima línea;

y aunque no se oye la gimiente tormenta,
tú pareces contento de que sea así,
pero, tan pronto como llega una palabra que avisa
de peligro, tu ansioso ceño
arroja sobre mí una lúgubre sombra,
como si dudara de que mis poderes
puedan vadear las riadas de congoja.

Sabed, entonces, que mi espíritu crece
y bebe, con ansioso gozo, el aire
de libertad, donde al fin mora,
privilegiado, una tarea común que compartir
contigo, y entonces se remueve alerta,

And pants to learn what menaced hurt
Demands for thee its care.

Remember, I have crossed the deep,
And stood with thee on deck, to gaze
On waves that rose in threatening heap,
While stagnant lay a heavy haze,
Dimly confusing sea with sky,
And baffling, even, the pilot's eye,
Intent to thread the maze—

Of rocks, on Bretagne's dangerous coast,
And find a way to steer our band
To the one point obscure, which lost,
Flung us, as victims, on the strand;—
All, elsewhere, gleamed the Gallic sword,
And not a wherry could be moored
Along the guarded land.

I feared not then—I fear not now;
The interest of each stirring scene
Wakes a new sense, a welcome glow,
In every nerve and bounding vein;
Alike on turbid Channel sea,
Or in still wood of Normandy,
I feel as born again.

The rain descended that wild morn
When, anchoring in the cove at last,
Our band, all weary and forlorn,
Ashore, like wave-worn sailors, cast—
Sought for a sheltering roof in vain,
And scarce could scanty food obtain
To break their morning fast.

Thou didst thy crust with me divide,
Thou didst thy cloak around me fold;
And, sitting silent by thy side,
I ate the bread in peace untold:
Given kindly from thy hand, 'twas sweet
As costly fare or princely treat
On royal plate of gold.

y ansía saber qué dolor amenazado
exige que tú te ocupes.

Recuerda, he cruzado las profundidades,
y he permanecido contigo en cubierta, para mirar
las olas que se elevaban en amenazante pilar,
mientras quedaba estancada una pesada niebla,
tenuemente confundiendo el mar con el cielo,
confundiendo, incluso, el ojo del práctico,
empeñado en sortear el laberinto,

de rocas en la peligrosa costa de la Bretaña,
y en encontrar un modo de guiar a nuestro grupo
hasta el único punto oscuro que, perdido,
nos lanzaba como víctimas a la orilla;
por todas partes brillaba la espada gala,
y ni un esquife podía atracar
a lo largo de la vigilada tierra.

No temí entonces, no temo ahora;
el interés de cada excitante escena
despierta un nuevo sentido, un brillo bienvenido,
en cada nervio y atada vena;
tanto en el turbio mar del Canal,
como en el silencioso bosque de Normandía,
siento que he vuelto a nacer.

La lluvia caía esa tormentosa mañana
cuando, al fondear en la ensenada al fin,
nuestro grupo, agotado y desolado,
desembarcó como marineros vapuleados por las olas,
buscó en vano un techo donde refugiarse,
y apenas pudo obtener escasa comida
para romper su ayuno matutino.

Tú compartiste conmigo tu mendrugo,
tú me envolviste en tu capa;
y, sentada en silencio a tu lado,
comí el pan en inconmensurable paz;
concedido por tu mano amable, fue tan dulce
como una comida costosa o una exquisitez
principesca en un dorado plato real.

Sharp blew the sleet upon my face,
And, rising wild, the gusty wind
Drove on those thundering waves apace,
Our crew so late had left behind;
But, spite of frozen shower and storm,
So close to thee, my heart beat warm,
And tranquil slept my mind.

So now—nor foot-sore nor opprest
With walking all this August day,
I taste a heaven in this brief rest,
This gipsy-halt beside the way.
England's wild flowers are fair to view,
Like balm is England's summer dew,
Like gold her sunset ray.

But the white violets, growing here,
Are sweeter than I yet have seen,
And ne'er did dew so pure and clear
Distil on forest mosses green,
As now, called forth by summer heat,
Perfumes our cool and fresh retreat—
These fragrant limes between.

That sunset! Look beneath the boughs,
Over the copse—beyond the hills;
How soft, yet deep and warm it glows,
And heaven with rich suffusion fills;
With hues where still the opal's tint,
Its gleam of poisoned fire is blent,
Where flame through azure thrills!

Depart we now—for fast will fade
That solemn splendour of decline,
And deep must be the after-shade
As stars alone to-night will shine;
No moon is destined—pale—to gaze
On such a day's vast Phoenix blaze,
A day in fires decayed!

La escarcha azotaba con fuerza mi rostro
y, alzándose enloquecido, el viento racheado
impulsaba con fuerza aquellas olas atronadoras
que nuestra tripulación había dejado atrás tan tarde;
pero, a pesar de la lluvia helada y de la tormenta,
tan cerca de ti, mi corazón latía cálido
y mi mente dormía tranquila.

Y ahora, sin pies doloridos ni angustiados
por caminar todo este día de agosto,
saboreo el cielo en este breve descanso,
esta parada gitana junto al camino.
Las flores silvestres de Inglaterra lucen bonitas,
como un bálsamo es el rocío estival de Inglaterra,
como oro sus rayos del ocaso.

Pero las violetas blancas que crecen aquí
son más dulces que las que jamás haya visto,
y jamás un rocío tan puro y claro
destilado sobre el musgo verde del bosque
como ahora, convocado por el calor estival,
perfumó nuestro frío y fresco retiro
entre estas fragrantes limas.

¡Ese atardecer! ¡Mira debajo de las ramas,
sobre la arboleda, más allá de las colinas;
qué suave, aunque intenso y cálido, brilla,
y el cielo con rica impregnación llena;
con tintes donde persiste el tono del ópalo,
su brillo de fuego prisionero mezclado,
donde la llama se excita por todo el azul!

Partimos ahora, pues rápido se apagará
ese solemne esplendor de declive,
y oscura debe de ser la sombra postrera
cuando sólo las estrellas brillen esta noche;
¡ninguna luna está destinada, pálida, a mirar
las llamaradas del Fénix en un día semejante,
un día destruido por los fuegos!

There–hand-in-hand we tread again
The mazes of this varying wood,
And soon, amid a cultured plain,
Girt in with fertile solitude,
We shall our resting-place descry,
Marked by one roof-tree, towering high
Above a farm-stead rude.

Refreshed, erelong, with rustic fare,
We'll seek a couch of dreamless ease;
Courage will guard thy heart from fear,
And Love give mine divinest peace:
To-morrow brings more dangerous toil,
And through its conflict and turmoil
We'll pass, as God shall please.

CURRER

Allí, cogidos de la mano, hollamos de nuevo
los laberintos de este variopinto bosque,
y pronto, en mitad de una cultivada llanura,
rodeada de fértil soledad,
divisaremos nuestro lugar de descanso,
marcado por una cumbrera, alzándose alta
sobre la tosca granja.

Renovados, en breve, con rústica comida,
buscaremos un diván de confort sin sueños;
el Valor protegerá tu corazón del miedo,
y el Amor conferirá al mío la paz más divina:
el mañana trae más peligrosos esfuerzos,
y a través de su conflicto y agitación
pasaremos, pues Dios nos complacerá.

CURRER

A DEATH-SCENE

"O day! he cannot die
When thou so fair art shining!
O Sun, in such a glorious sky,
So tranquilly declining;

He cannot leave thee now,
While fresh west winds are blowing,
And all around his youthful brow
Thy cheerful light is glowing!

Edward, awake, awake–
The golden evening gleams
Warm and bright on Arden's lake–
Arouse thee from thy dreams!

Beside thee, on my knee,
My dearest friend! I pray
That thou, to cross the eternal sea,
Wouldst yet one hour delay:

I hear its billows roar–
I see them foaming high;
But no glimpse of a further shore
Has blest my straining eye.

Believe not what they urge
Of Eden isles beyond;
Turn back, from that tempestuous surge,
To thy own native land.

It is not death, but pain
That struggles in thy breast–

UNA ESCENA DE MUERTE

¡Oh, día! ¡Él no puede morir
cuando tú brillas con tanta luz!
¡Oh, sol, en tal glorioso cielo,
con un declive tan tranquilo;

Él no puede abandonarte ahora,
cuando soplan los fríos vientos del oeste,
y alrededor de su juvenil frente
tu alegre luz sigue brillando!

¡Edward, despierta, despierta!
La dorada noche resplandece
cálida y brillante sobre el lago Arden...
¡Despierta de tus sueños!

¡Junto a ti, de rodillas,
mi querido amigo! Rezo
para que tú, al cruzar el mar eterno,
te retrases una hora:

Oigo sus olas rugir,
las veo con imponente espuma;
pero ningún destello de otra lejana orilla
ha bendecido a mis forzados ojos.

No creas lo que te insisten
desde más allá de las islas del Edén;
regresa de esa tempestuosa ola
a tu propia tierra natal.

No es muerte, sino dolor,
lo que forcejea en tu pecho...

Nay, rally, Edward, rouse again;
I cannot let thee rest!"

One long look, that sore reproved me
For the woe I could not bear—
One mute look of suffering moved me
To repent my useless prayer:

And, with sudden check, the heaving
Of distraction passed away;
Not a sign of further grieving
Stirred my soul that awful day.

Paled, at length, the sweet sun setting;
Sunk to peace the twilight breeze:
Summer dews fell softly, wetting
Glen, and glade, and silent trees.

Then his eyes began to weary,
Weighed beneath a mortal sleep;
And their orbs grew strangely dreary,
Clouded, even as they would weep.

But they wept not, but they changed not,
Never moved, and never closed;
Troubled still, and still they ranged not—
Wandered not, nor yet reposed!

So I knew that he was dying—
Stooped, and raised his languid head;
Felt no breath, and heard no sighing,
So I knew that he was dead.

ELLIS

¡No, reponte, Edward, despierta de nuevo;
no puedo permitirte descansar!

Una larga mirada que resentida me reprobó
por la aflicción que no pude soportar,
una muda mirada de sufrimiento me movió
a lamentar mi inútil plegaria:

Y, con súbito control, el agitado movimiento
de distracción falleció;
no más signos de pena
removieron mi alma ese horrible día.

Palideció, al fin, el dulce sol poniente;
hundido bajo la paz de la brisa crepuscular:
el rocío estival caía suavemente, mojando
valles, y calveros, y silenciosos árboles.

Entonces sus ojos comenzaron a cansarse
bajo el peso de un sueño mortal;
y sus orbes se tornaron extrañamente tristes,
nublados, como si fueran a sollozar.

¡Pero no sollozaron, pero no mudaron,
nunca se movieron y nunca se cerraron;
aún atribulados, seguían sin oscilar,
no vagaban, tampoco reposaban!

Pues yo sabía que estaba muriendo,
me incliné y levanté su lánguida cabeza;
no sentí aliento, no oí suspiros,
y así supe que estaba muerto.

ELLIS

SONG

The linnet in the rocky dells,
The moor-lark in the air,
The bee among the heather bells,
That hide my lady fair:

The wild deer browse above her breast;
The wild birds raise their brood;
And they, her smiles of love caressed,
Have left her solitude!

I ween, that when the grave's dark wall
Did first her form retain;
They thought their hearts could ne'er recall
The light of joy again.

They thought the tide of grief would flow
Unchecked through future years;
But where is all their anguish now,
And where are all their tears?

Well, let them fight for honour's breath,
Or pleasure's shade pursue–
The dweller in the land of death
Is changed and careless too.

And, if their eyes should watch and weep
Till sorrow's source were dry
She would not, in her tranquil sleep,
Return a single sigh!

CANTO

El pardillo en el rocoso valle,
la alondra en el aire,
la abeja entre el brezo ceniciento
que oculta a mi hermosa dama:

El ciervo salvaje busca sobre su pecho;
los pájaros salvajes crían a su nidada;
¡y ellos, acariciados por sus sonrisas de amor,
la han dejado en soledad!

Yo creo que, cuando el muro oscuro de la tumba,
retuvo al principio su forma;
ellos pensaron que sus corazones nunca
volverían a recordar la luz de la alegría.

Pensaban que la oleada de pena pasaría
desenfrenada por los años venideros;
pero ¿dónde está toda su angustia ahora,
y dónde están todas sus lágrimas?

Pues dejémosles luchar por el aliento de su honor,
o por la persecución de la sombra del placer;
el habitante de la tierra de la muerte
ha cambiado y es descuidado también.

¡Y si sus ojos observaran y sollozaran
hasta que la fuente de la pena se secara,
ella, en su tranquilo sueño,
no devolvería un solo suspiro!

Blow, west-wind, by the lonely mound,
And murmur, summer-streams—
There is no need of other sound
To sooth my lady's dreams.

ELLIS

Sopla, viento del oeste, junto al solitario montículo,
y murmurad, arroyos de verano;
no se precisa ningún otro sonido
para mitigar los sueños de mi amada.

Ellis

THE PENITENT

I mourn with thee, and yet rejoice
That thou shouldst sorrow so;
With angel choirs I join my voice
To bless the sinner's woe.

Though friends and kindred turn away,
And laugh thy grief to scorn;
I hear the great Redeemer say,
"Blessed are ye that mourn."

Hold on thy course, nor deem it strange
That earthly cords are riven:
Man may lament the wondrous change,
But "there is joy in heaven!"

ACTON

EL PENITENTE

Lloro contigo, aunque me regocija
que sufras tal congoja;
a los coros celestiales uno mi voz
para bendecir la aflicción del pecador.

Aunque amigos y familiares se apartan,
y ríen con desprecio ante tu pena,
oigo al gran Redentor decir,
«Benditos sean los que lloran».

¡Mantén tu rumbo, no juzgues extraño
que los cordones terrenales se desgarren:
el hombre puede lamentar el asombroso cambio,
pero «¡hay gozo en el cielo!».

ACTON

MUSIC ON CHRISTMAS MORNING

Music I love–but never strain
Could kindle raptures so divine,
So grief assuage, so conquer pain,
And rouse this pensive heart of mine–
As that we hear on Christmas morn,
Upon the wintry breezes borne.

Though Darkness still her empire keep,
And hours must pass, ere morning break;
From troubled dreams, or slumbers deep,
That music kindly bids us wake:
It calls us, with an angel's voice,
To wake, and worship, and rejoice;

To greet with joy the glorious morn,
Which angels welcomed long ago,
When our redeeming Lord was born,
To bring the light of Heaven below;
The Powers of Darkness to dispel,
And rescue Earth from Death and Hell.

While listening to that sacred strain,
My raptured spirit soars on high;
I seem to hear those songs again
Resounding through the open sky,
That kindled such divine delight,
In those who watched their flocks by night.

With them, I celebrate His birth–
Glory to God, in highest Heaven,
Good-will to men, and peace on Earth,
To us a Saviour-king is given;

MÚSICA EN LA MAÑANA DE NAVIDAD

Amo la música, pero nunca un compás
pudo despertar arrebatos tan divinos,
mitigar tanto la pena, conquistar así el dolor,
y excitar este pensativo corazón mío,
como los que oímos la mañana de Navidad,
nacidos de las brisas invernales.

Aunque la Oscuridad su imperio mantiene,
y las horas deben pasar, antes de que la mañana rompa,
de sueños atribulados, o profundos duermevelas,
esa música nos despierta con amabilidad:
nos llama, con voz angelical,
para despertar, y adorar, y regocijarnos;

para saludar con gozo a la gloriosa mañana,
que los ángeles recibieron hace mucho,
cuando nuestro Señor Redentor nació,
para traer la luz del Cielo a la tierra,
los Poderes de la Oscuridad dispersar,
y rescatar a la Tierra de la Muerte y el Infierno.

Mientras escuchamos ese sagrado compás,
mi arrobado espíritu vuela a las alturas;
me parece volver a oír esas canciones
resonando por el despejado cielo,
que despertaban tal divino placer
en aquellos que vigilaban sus rebaños de noche.

¡Con ellos celebro Su nacimiento,
gloria a Dios en el Cielo,
paz en la Tierra a los hombres de buena voluntad,
pues se nos ha dado un Rey Salvador,

Our God is come to claim His own,
And Satan's power is overthrown!

A sinless God, for sinful men,
Descends to suffer and to bleed;
Hell must *renounce its empire then;*
The price is paid, the world is freed,
And Satan's self must now confess,
That Christ has earned a Right *to bless:*

Now holy Peace may smile from heaven,
And heavenly Truth from earth shall spring:
The captive's galling bonds are riven,
For our Redeemer is our king;
And He that gave his blood for men
Will lead us home to God again.

ACTON

nuestro Dios ha venido a reclamar Su reino
y el poder de Satanás ha sido derrocado!

Un Dios libre de pecado para los hombres pecadores,
desciende para sufrir y para sangrar;
el Infierno debe renunciar a su imperio entonces;
se ha pagado el precio, el mundo se ha liberado,
y el mismísimo Satanás debe ahora confesar
que Cristo se ha ganado el Derecho a bendecir:

Ahora la Paz divina puede sonreír desde el cielo,
y la Verdad celestial de la Tierra surgirá:
las irritantes ataduras del cautivo se rompen,
pues nuestro Redentor es nuestro rey;
y Él, que dio su sangre por los hombres,
nos llevará de nuevo con Dios.

ACTON

FRANCES

She will not sleep, for fear of dreams,
But, rising, quits her restless bed,
And walks where some beclouded beams
Of moonlight through the hall are shed.

Obedient to the goad of grief,
Her steps, now fast, now lingering slow,
In varying motion seek relief
From the Eumenides of woe.

Wringing her hands, at intervals—
But long as mute as phantom dim—
She glides along the dusky walls,
Under the black oak rafters, grim.

The close air of the grated tower
Stifles a heart that scarce can beat,
And, though so late and lone the hour,
Forth pass her wandering, faltering feet;

And on the pavement, spread before
The long front of the mansion grey,
Her steps imprint the night-frost hoar,
Which pale on grass and granite lay.

Not long she stayed where misty moon
And shimmering stars could on her look,
But through the garden arch-way, soon
Her strange and gloomy path she took.

Some firs, coeval with the tower,
Their straight black boughs stretched o'er her head,

FRANCES

Ella no dormirá, por temor a los sueños,
mas, levantándose, abandona su inquieta cama,
y camina donde algunos rayos ofuscados
de luz de luna se proyectan por la sala.

Obediente ante el impulso de la pena,
sus pasos, ahora rápidos, ahora se arrastran lentos,
en cambiante movimiento busca alivio
de las Euménides del infortunio.

Retuerce sus manos a intervalos,
mas, tan muda como fantasma tenue,
se desliza por las oscuras paredes
bajo las negras vigas de roble, sombría.

El viciado aire de la enrejada torre
sofoca un corazón que apenas puede latir
y, aun tan tardía y solitaria la hora,
avanzan sus errantes pies vacilantes;

Y en el pavimento, extendido ante
la larga fachada de la gris mansión,
sus pasos marcan la escarcha de la noche,
pálida sobre la hierba e inerte sobre el granito.

No permaneció largo rato donde la neblinosa luna
y las relucientes estrellas podían mirarla,
y a través de la arcada del jardín, pronto,
su extraño y sombrío camino tomó.

Algunos abetos, coetáneos de la torre,
sus rectas ramas negras estiraban sobre su cabeza,

Unseen, beneath this sable bower,
Rustled her dress and rapid tread.

There was an alcove in that shade,
Screening a rustic-seat and stand;
Weary she sat her down and laid
Her hot brow on her burning hand.

To solitude and to the night,
Some words she now, in murmurs, said;
And, trickling through her fingers white,
Some tears of misery she shed.

"God help me, in my grievous need,
God help me, in my inward pain;
Which cannot ask for pity's meed,
Which has no license to complain;

Which must be borne, yet who can bear,
Hours long, days long, a constant weight–
The yoke of absolute despair,
A suffering wholly desolate?

Who can for ever crush the heart,
Restrain its throbbing, curb its life?
Dissemble truth with ceaseless art,
With outward calm, mask inward strife?"

She waited–as for some reply;
The still and cloudy night gave none;
Erelong, with deep-drawn, trembling sigh,
Her heavy plaint again begun.

"Unloved–I love; unwept–I weep;
Grief I restrain–hope I repress:
Vain is this anguish–fixed and deep;
Vainer, desires and dreams of bliss.

My love awakes no love again,
My tears collect, and fall unfelt;
My sorrow touches none with pain,
My humble hopes to nothing melt.

invisible, bajo esta negra enramada,
susurraba su vestido y avanzaba rápido.

Había un nicho en esa sombra,
protegía un rústico asiento y plataforma;
cansada, se sentó y apoyó
su ardiente frente en su ardiente mano.

A la soledad y a la noche,
algunas palabras ella pronuncia ahora en murmullos;
y, goteando entre sus blancos dedos,
lágrimas de tristeza derramó.

«Que Dios me ayude en mi penosa necesidad,
que Dios me ayude en mi dolor interno;
si no puedo pedir la recompensa de la compasión,
si no tengo licencia para quejarme:

si debo soportarlo... Pero ¿quién puede soportar
horas, días, un peso constante,
el yugo de la desesperación absoluta,
un sufrimiento por completo desolado?

¿Quién puede por siempre aplastar su corazón,
contener su latido, frenar su vida?
¿Disimular la verdad con arte incesante,
con calma exterior, enmascarando la lucha interna?

Ella esperó... una respuesta, quizás;
la tranquila y nublada noche no se la dio;
pronto, con suspiro hondo y tembloroso,
su serio plañido comenzó de nuevo.

«Mal querida, amo; sin lágrimas, sollozo;
la pena contengo, la esperanza reprimo:
vana es esta angustia, fija y profunda;
más vanos son los deseos y sueños de felicidad.

Mi amor no despierta amor de nuevo,
mis lágrimas se acumulan y caen sin sentir;
mi pena no mueve a nadie a dolor,
mis humildes esperanzas no derriten nada.

For me the universe is dumb,
Stone-deaf, and blank, and wholly blind;
Life I must bound, existence sum
In the strait limits of one mind;

That mind my own. Oh! narrow cell;
Dark–imageless–a living tomb!
There must I sleep, there wake and dwell
Content, with palsy, pain, and gloom. "

Again she paused; a moan of pain,
A stifled sob, alone was heard;
Long silence followed–then again,
Her voice the stagnant midnight stirred.

"Must it be so? Is this my fate?
Can I nor struggle, nor contend?
And am I doomed for years to wait,
Watching death's lingering axe descend?

And when it falls, and when I die,
What follows? Vacant nothingness?
The blank of lost identity?
Erasure both of pain and bliss?

I've heard of heaven–I would believe;
For if this earth indeed be all,
Who longest lives may deepest grieve,
Most blest, whom sorrows soonest call.

Oh! leaving disappointment here,
Will man find hope on yonder coast?
Hope, which, on earth, shines never clear,
And oft in clouds is wholly lost.

Will he hope's source of light behold,
Fruition's spring, where doubts expire,
And drink, in waves of living gold,
Contentment, full, for long desire?

Para mí, el universo es mudo,
completamente sordo, y vacío, y ciego por completo;
la vida debo atar, la existencia se suma
en los estrechos límites de una mente;

Esa mente es la mía. ¡Oh, estrecha celda;
oscura, sin imágenes, una tumba viva!
Allí debo dormir, allí despertar y vivir
contenta con parálisis, dolor y tristeza».

De nuevo una pausa; un gemido de dolor,
un sollozo contenido, sólo se oía;
le sucedió un largo silencio, y de nuevo
su voz removió la estancada medianoche.

«¿Debe ser así? ¿Es este mi destino?
¿No puedo luchar ni competir?
¿Y estoy condenada durante años a esperar,
viendo cómo el persistente hacha de la muerte desciende?

Y cuando caiga, y cuando muera,
¿qué pasa entonces? ¿La vacía nada?
¿El vacío de la identidad perdida?
¿La eliminación del dolor y la felicidad?

He oído hablar del cielo. Yo creería,
pues si esta tierra es ciertamente todo,
quien viva por más tiempo penará más hondo,
y será más bendecido a quien llamen las penas más pronto.

¡Oh! Al dejar la decepción aquí,
¿encontrará el hombre esperanza en lejanas costas?
La esperanza, que en la tierra nunca brilla clara,
y a menudo se pierde por completo en las nubes.

¿Contemplará la fuente de luz de la esperanza,
la fuente de la fruición, donde las dudas mueren,
y beberá, en oleadas de oro vivo,
la satisfacción, plena, desde hace tiempo anhelada?

Will he find bliss, which here he dreamed?
Rest, which was weariness on earth?
Knowledge, which, if o'er life it beamed,
Served but to prove it void of worth?

Will he find love without lust's leaven,
Love fearless, tearless, perfect, pure,
To all with equal bounty given,
In all, unfeigned, unfailing, sure?

Will he, from penal sufferings free,
Released from shroud and wormy clod,
All calm and glorious, rise and see
Creation's Sire–Existence' God?

Then, glancing back on Time's brief woes,
Will he behold them, fading, fly;
Swept from Eternity's repose,
Like sullying cloud, from pure blue sky?

If so–endure, my weary frame;
And when thy anguish strikes too deep,
And when all troubled burns life's flame,
Think of the quiet, final sleep;

Think of the glorious waking-hour,
Which will not dawn on grief and tears,
But on a ransomed spirit's power,
Certain, and free from mortal fears.

Seek now thy couch, and lie till morn,
Then from thy chamber, calm, descend,
With mind nor tossed, nor anguish-torn,
But tranquil, fixed, to wait the end.

And when thy opening eyes shall see
Mementos, on the chamber wall,
Of one who has forgotten thee,
Shed not the tear of acrid gall.

The tear which, welling from the heart,
Burns where its drop corrosive falls,

¿Encontrará la felicidad que ha soñado aquí?
¿El descanso que era agotamiento en la tierra?
¿El conocimiento que, si hubiera brillado sobre su vida,
no habría servido más que para probar su falta de valía?

¿Encontrará amor sin el influjo de la lujuria,
amor impávido, sin lágrimas, perfecto, puro,
para todos entregado con igual profusión,
en todos, sincero, constante, infalible?

¿Libre de sufrimientos penales,
liberado del sudario y la tierra agusanada,
en calma y glorioso, se alzará para ver
al Padre de la Creación, al Dios de la Existencia?

Luego, mirando atrás a las breves miserias del Tiempo,
¿las contemplará volar y desvanecerse,
eliminadas del reposo de la Eternidad,
como mancillada nube, del puro cielo azul?

Si es así... Aguanta, mi agotado cuerpo;
y cuando tu angustia golpee muy hondo,
y cuando todos los problemas quemen la llama de la vida,
piensa en el tranquilo sueño final;

Piensa en el glorioso despertar,
que no amanecerá sobre pena y lágrimas,
sino sobre el poder de un espíritu rescatado,
seguro y libre de los miedos mortales.

Busca ahora tu diván y túmbate hasta la mañana,
luego desciende desde tu alcoba, calmado,
con mente ni revuelta ni desgarrada por la angustia,
sino tranquila, centrada en esperar el fin.

Y cuando tus ojos, al abrirse, vean
recuerdos en las paredes de la alcoba,
de alguien que te ha olvidado,
no derrames lágrimas de agria hiel.

La lágrima que, al surgir del corazón,
quema donde cae su corrosiva gota,

And makes each nerve, in torture, start,
At feelings it too well recalls:

When the sweet hope of being loved,
Threw Eden sunshine on life's way;
When every sense and feeling proved
Expectancy of brightest day.

When the hand trembled to receive
A thrilling clasp, which seemed so near,
And the heart ventured to believe,
Another heart esteemed it dear.

When words, half love, all tenderness,
Were hourly heard, as hourly spoken,
When the long, sunny days of bliss,
Only by moonlight nights were broken.

Till drop by drop, the cup of joy
Filled full, with purple light, was glowing,
And Faith, which watched it, sparkling high,
Still never dreamt the overflowing.

It fell not with a sudden crashing,
It poured not out like open sluice;
No, sparkling still, and redly flashing,
Drained, drop by drop, the generous juice.

I saw it sink, and strove to taste it,
My eager lips approached the brim;
The movement only seemed to waste it,
It sank to dregs, all harsh and dim.

These I have drank, *and they for ever*
Have poisoned life and love for me;
A draught from Sodom's lake could never
More fiery, salt, and bitter, be.

Oh! Love was all a thin illusion;
Joy, but the desert's flying stream;
And, glancing back on long delusion,
My memory grasps a hollow dream.

y sobresalto de cada nervio, torturado, provoca,
los sentimientos, demasiado bien, evoca:

cuando la dulce esperanza de ser amado,
los rayos de luz del Edén en medio de la vida, arrojó;
cuando cada sentido y sentimiento demostró
la expectativa del día más brillante.

Cuando la mano tembló al recibir
un emocionante apretón, que parecía tan cercano,
y el corazón se aventuró a creer
que otro corazón la consideraba querida.

Cuando las palabras de casi amor, todo ternura,
eran oídas cada hora, eran dichas cada hora,
cuando los largos y soleados días de felicidad
sólo eran interrumpidos por noches a la luz de la luna.

Hasta que, gota a gota, el cáliz del gozo,
rebosante, con luz púrpura brillaba,
y la Fe, que lo observaba, brillando alto,
seguía sin soñar que se desbordaría.

No cayó con un repentino estruendo,
no se derramó como un canal abierto;
no, aún brillando, parpadeando rojo,
vació, gota a gota, el generoso jugo.

Lo vi derramarse y traté de saborearlo,
mis ansiosos labios se acercaron al borde;
el movimiento sólo pareció desperdiciarlo,
sólo quedaron posos, duros y tenues.

Esos he bebido, y esos, por siempre,
han envenenado la vida y el amor para mí;
una poción del lago Sodoma nunca
Sería más ardiente, salada y amarga.

¡Oh! El amor no fue más que una pobre ilusión;
la alegría, nada más que un riachuelo ondulante del desierto;
y, al mirar atrás a ese largo delirio,
mi memoria se aferra a un sueño vacío.

Yet, whence that wondrous change of feeling,
I never knew, and cannot learn,
Nor why my lover's eye, congealing,
Grew cold, and clouded, proud, and stern.

Nor wherefore, friendship's forms forgetting,
He careless left, and cool withdrew;
Nor spoke of grief, nor fond regretting,
Nor even one glance of comfort threw.

And neither word nor token sending,
Of kindness, since the parting day,
His course, for distant regions bending,
Went, self-contained and calm, away.

Oh, bitter, blighting, keen sensation,
Which will not weaken, cannot die,
Hasten thy work of desolation,
And let my tortured spirit fly!

Vain as the passing gale, my crying;
Though lightning-struck, I must live on;
I know, at heart, there is no dying
Of love, and ruined hope, alone.

Still strong, and young, and warm with vigour,
Though scathed, I long shall greenly grow,
And many a storm of wildest rigour
Shall yet break o'er my shivered bough.

Rebellious now to blank inertion,
My unused strength demands a task;
Travel, and toil, and full exertion,
Are the last, only boon I ask.

Whence, then, this vain and barren dreaming
Of death, and dubious life to come?
I see a nearer beacon gleaming
Over dejection's sea of gloom.

Pues, de dónde vino ese asombroso cambio de sentimientos,
nunca lo supe y no lo puedo saber,
ni por qué la mirada de mi amante, coagulada,
se volvió fría, nublada, orgullosa y rígida.

Ni por qué, olvidando las formas de la amistad,
se marchó despreocupado y se alejó frío;
ni habló de pena, ni se lamentó amable,
ni siquiera una mirada de consuelo lanzó.

Y no envió palabra ni prueba
de amabilidad desde el día de la separación,
su rumbo, dirigido hacia regiones lejanas,
siguió, calmado y solitario.

¡Oh, amarga, maldita, voraz sensación,
que no se debilitará, no puede morir,
apresura tu obra de desolación
y permite a mi alma torturada volar!

Vano como un transitorio vendaval, mi llanto es;
aun golpeada por un rayo, debo seguir viviendo;
sé, en el fondo, que no se muere sólo
de amor o de esperanzas arruinadas.

Aún fuerte, y joven, y cálida con vigor,
aunque lastimada, seguiré creciendo pálida,
y muchas tormentas de la más extrema dureza
seguirán rompiéndose contra mi temblorosa rama.

Rebelde ahora al vacío inerte,
mi fuerza sin usar exige una tarea;
viajes, y trabajo duro, y esfuerzo pleno,
son los últimos, los únicos favores que pido.

¿De dónde, pues, este vano y estéril soñar
con la muerte y la vida dudosa procede?
Veo un faro cercano que brilla
sobre el mar de tristeza del abatimiento.

The very wildness of my sorrow
Tells me I yet have innate force;
My track of life has been too narrow,
Effort shall trace a broader course.

The world is not in yonder tower,
Earth is not prisoned in that room,
'Mid whose dark pannels, hour by hour,
I've sat, the slave and prey of gloom.

One feeling–turned to utter anguish,
Is not my being's only aim;
When, lorn and loveless, life will languish,
But courage can revive the flame.

He, when he left me, went a roving
To sunny climes, beyond the sea;
And I, the weight of woe removing,
Am free and fetterless as he.

New scenes, new language, skies less clouded,
May once more wake the wish to live;
Strange, foreign towns, astir, and crowded,
New pictures to the mind may give.

New forms and faces, passing ever,
May hide the one I still retain,
Defined, and fixed, and fading never,
Stamped deep on vision, heart, and brain.

And we might meet–time may have changed him;
Chance may reveal the mystery,
The secret influence which estranged him;
Love may restore him yet to me.

False thought–false hope–in scorn be banished!
I am not loved–nor loved have been;
Recall not, then, the dreams scarce vanished,
Traitors! mislead me not again!

To words like yours I bid defiance,
'Tis such my mental wreck have made;

La extravagancia misma de mi pena
me dice que aún poseo fuerza innata;
mi paso por la vida ha sido demasiado estrecho,
el esfuerzo marcará un rumbo más amplio.

El mundo no está en aquella torre,
la tierra no está prisionera en esa sala,
entre cuyos paneles oscuros, hora tras hora,
me he sentado, esclava y presa de la melancolía.

Un sentimiento, convertido en completa angustia,
no es el único objetivo de mi ser;
cuando, solitaria y sin amor, la vida languidezca,
sólo el valor puede reavivar la llama.

Él, cuando me abandonó, marchó de viaje
a climas soleados allende los mares;
y yo, al desaparecer el peso de la congoja,
soy tan libre y sin cadenas como él.

Nuevos escenarios, nuevo idioma, cielos menos nublados,
pueden despertar una vez más el deseo de vivir;
extrañas ciudades extranjeras, activas y abarrotadas,
nuevas imágenes a la mente pueden aportar.

Nuevas formas y rostros, siempre pasando,
pueden ocultar el que aún retengo,
definido e inalterable, nunca debilitado,
estampado hondo en visión, corazón y cerebro.

Y podríamos encontrarnos y el tiempo podría haberlo cambiado;
la casualidad podría revelar el misterio,
la secreta influencia que lo distanció;
puede que el amor aún me lo devuelva.

¡Falso pensamiento, falsa esperanza, deben disiparse con desdén!
No me ama, ni he sido amada;
¡no recordéis, pues, los sueños apenas desvanecidos,
traidores! ¡No volváis a confundirme!

A palabras como las tuyas les presento desafío,
pues tal es el daño mental que han creado;

Of God alone, and self-reliance,
I ask for solace–hope for aid.

Morn comes–and ere meridian glory
O'er these, my natal woods, shall smile,
Both lonely wood and mansion hoary
I'll leave behind, full many a mile.

CURRER

a Dios sólo, y a la independencia,
les pido consuelo, espero amparo.

La mañana llega, y antes de que su meridiana gloria
sobre estos, mis bosques natales, sonría,
el solitario bosque y la vieja mansión
dejaré atrás por muchas millas.

Currer

ANTICIPATION

How beautiful the earth is still,
To thee–how full of happiness!
How little fraught with real ill,
Or unreal phantoms of distress!
How spring can bring thee glory, yet,
And summer win thee to forget
December's sullen time!
Why dost thou hold the treasure fast,
Of youth's delight, when youth is past,
And thou art near thy prime?

When those who were thy own compeers,
Equals in fortune and in years,
Have seen their morning melt in tears,
To clouded, smileless day;
Blest, had they died untried and young,
Before their hearts went wandering wrong,
Poor slaves, subdued by passions strong,
A weak and helpless prey!

"Because, I hoped while they enjoyed,
And, by fulfilment, hope destroyed;
As children hope, with trustful breast,
I waited bliss–and cherished rest.
A thoughtful spirit taught me, soon,
That we must long till life be done;
That every phase of earthly joy
Must always fade, and always cloy:

This I foresaw–and would not chase
The fleeting treacheries;
But, with firm foot and tranquil face,

ILUSIÓN

Cuán hermosa sigue siendo la tierra,
para ti... ¡cuán llena de felicidad!
¡Qué poca lucha con una cierta enfermedad,
o con irreales fantasmas de aflicción!
¡Cómo la primavera puede traerte gloria, pues,
y el verano ganarte para olvidar
las taciturnas horas de diciembre!
¿Por qué sujetas con firmeza el tesoro
de los deleites de juventud, cuando la juventud ha pasado,
y estás cerca de la plenitud de tu vida?

Cuando aquellos que eran tus propios pares,
iguales en fortuna y en años,
han visto su mañana derretirse en lágrimas
hasta formar un día nublado y sin sonrisas;
¡benditos, si hubieran muerto sin experiencia y jóvenes,
antes de que sus corazones hubieran tomado el mal camino,
pobres esclavos, sometidos por fuertes pasiones,
una presa débil e indefensa!

Porque yo esperaba mientras ellos disfrutaban,
y, por cumplimiento, las esperanzas destrozaban;
como los niños esperan, con confiados corazones,
yo esperaba felicidad y estimaba el descanso.
Un pensativo espíritu me enseñó, pronto,
que debemos anhelar hasta que la vida se acabe;
que cada fase de gozo terrenal
debe desvanecerse siempre, asquear siempre:

Esto predije, y no perseguiré
las transitorias traiciones;
sino que, con pie firme y rostro tranquilo,

Held backward from that tempting race,
Gazed o'er the sands the waves efface,
To the enduring seas—

There cast my anchor of desire
Deep in unknown eternity;
Nor ever let my spirit tire,
With looking for what is to be!

It is hope's spell that glorifies,
Like youth, to my maturer eyes,
All Nature's million mysteries,
The fearful and the fair—
Hope soothes me in the griefs I know;
She lulls my pain for others' woe,
And makes me strong to undergo
What I am born to bear.

Glad comforter! will I not brave,
Unawed, the darkness of the grave?
Nay, smile to hear Death's billows rave—
Sustained, my guide, by thee?
The more unjust seems present fate,
The more my spirit swells elate,
Strong, in thy strength, to anticipate
Rewarding destiny!"

ELLIS

me contuve de esa tentadora carrera,
miré sobre las dunas las olas ocultas
a los imperecederos mares,

allí lancé mi ancla de deseo
profundo en la incierta eternidad;
¡nunca permito que mi alma se canse
mirando lo que ha de ser!

Es el hechizo de la esperanza que glorifica,
como la juventud, a mis ojos maduros,
los millones de misterios de la Naturaleza,
lo miedoso y lo bello,
la esperanza me alivia en las penas que conozco;
ella arrulla mi dolor con desgracias ajenas,
y me fortalece para padecer
lo que he de soportar por nacimiento.

¡Alegre consuelo! ¿No me enfrentaré,
sin asombro, a la oscuridad de la tumba?
¿No sonreiré al oír las olas de la Muerte rugir,
sostenida por ti, mi guía?
¡Cuanto más injusto resulta el presente destino,
más aumenta el alborozo de mi alma,
fuerte, en tu fortaleza, para anticipar
la recompensa del destino!

ELLIS

STANZAS

Oh, weep not, love! each tear that springs
In those dear eyes of thine,
To me a keener suffering brings,
Than if they flowed from mine.

And do not droop! however drear
The fate awaiting thee;
For my *sake combat pain and care,*
And cherish life for me!

I do not fear thy love will fail;
Thy faith is true, I know;
But, oh, my love! thy strength is frail
For such a life of woe.

Were't not for this, I well could trace
(Though banished long from thee,)
Life's rugged path, and boldly face
The storms that threaten me.

Fear not for me—I've steeled my mind
Sorrow and strife to greet;
Joy with my love I leave behind,
Care with my friends I meet.

A mother's sad reproachful eye,
A father's scowling brow—
But he may frown and she may sigh:
I will not break my vow!

ESTROFAS

¡Oh, no llores, amor! Cada lágrima que brota
de esos preciados ojos tuyos,
provoca en mí sufrimiento más voraz
que si brotaran de los míos.

¡Y no languidezcas! Sin importar lo triste
que sea el destino que te aguarda,
por mí, ¡combate el dolor y cuida
y aprecia la vida por mí!

No temo que tu amor desfallezca;
tu fe es verdadera, lo sé;
pero ¡oh, mi amor! Tu fortaleza es frágil
para tal vida de aflicción.

De no ser por esto, bien podría recorrer
(aunque apartado hace mucho de ti)
el duro camino de la vida y afrontar audaz
las tormentas que me amenazan.

No temas por mí; he reforzado mi mente
para recibir la tristeza y el conflicto;
dejé la alegría atrás con mi amor,
los cuidados con los amigos que encuentro.

El ojo triste y reprobador de una madre,
el ceño fruncido de un padre;
pero él puede desaprobar y ella puede suspirar:
¡no romperé mi juramento!

Hermanas Brontë

I love my mother, I revere
My sire, but fear not me–
Believe that Death alone can tear
This faithful heart from thee.

Acton

Amo a mi madre, venero
a mi padre, pero no me temas;
cree que sólo la Muerte puede desgarrar
este fiel corazón de tu lado.

ACTON

GILBERT

I. THE GARDEN

Above the city hung the moon,
Right o'er a plot of ground
Where flowers and orchard-trees were fenced
With lofty walls around:
'Twas Gilbert's garden–there, to-night
Awhile he walked alone;
And, tired with sedentary toil,
Mused where the moonlight shone.

This garden, in a city-heart,
Lay still as houseless wild,
Though many-windowed mansion fronts
Were round it closely piled;
But thick their walls, and those within
Lived lives by noise unstirred;
Like wafting of an angel's wing,
Time's flight by them was heard.

Some soft piano-notes alone
Were sweet as faintly given,
Where ladies, doubtless, cheered the hearth
With song, that winter-even.
The city's many-mingled sounds
Rose like the hum of ocean;
They rather lulled the heart than roused
Its pulse to faster motion.

Gilbert has paced the single walk
An hour, yet is not weary;

GILBERT

I. El Jardín

Sobre la ciudad cuelga la luna,
justo sobre una parcela
donde flores y árboles frutales
con elevados muros se cercan:
era el jardín de Gilbert, allí, esta noche
mientras caminaba solo
y, cansado del esfuerzo sedentario,
reflexionaba donde la luna brillaba.

Este jardín, en el corazón de una ciudad,
yacía inmóvil como una casa deshabitada,
aunque las fachadas de mansiones con muchas ventanas
lo rodeaban estrechamente apiladas;
pero gruesos eran sus muros, y sus moradores
vivían vidas libres de ruidos agitadores;
como el aleteo de las alas angelicales,
se oía el paso del tiempo junto a ellas.

Algunas suaves y solitarias notas de piano
eran tan dulces como débiles en sonido,
donde las damas, sin duda, alegraban el hogar
con canciones incluso ese invierno.
Los entremezclados sonidos de la ciudad
se elevan como el zumbido del océano;
más bien adormecen el corazón que elevan
su pulso a un movimiento más rápido.

Gilbert ha recorrido el único sendero
por una hora, pero no está cansado;

And, though it be a winter night,
He feels nor cold nor dreary.
The prime of life is in his veins,
And sends his blood fast flowing,
And Fancy's fervour warms the thoughts
Now in his bosom glowing.

Those thoughts recur to early love,
Or what he love would name,
Though haply Gilbert's secret deeds
Might other title claim.
Such theme not oft his mind absorbs,
He to the world clings fast,
And too much for the present lives,
To linger o'er the past.

But now the evening's deep repose
Has glided to his soul;
That moonlight falls on Memory,
And shows her fading scroll.
One name appears in every line
The gentle rays shine o'er,
And still he smiles and still repeats
That one name–Elinor.

There is no sorrow in his smile,
No kindness in his tone;
The triumph of a selfish heart
Speaks coldly there alone;
He says: "She loved me more than life;
And truly it was sweet
To see so fair a woman kneel,
In bondage, at my feet.

There was a sort of quiet bliss
To be so deeply loved,
To gaze on trembling eagerness
And sit myself unmoved.
And when it pleased my pride to grant,
At last some rare caress,

y aunque es una noche invernal,
no siente frío ni tristeza.
La plenitud de la vida corre por sus venas,
y envía su sangre en rápido fluir,
y el fervor del Capricho calienta los pensamientos
que ahora brillan en su pecho.

Esos pensamientos vuelven a un temprano amor,
o a lo que él llamaría amor,
aunque tal vez las hazañas secretas de Gilbert
puedan reclamar otro título.
Tal tema no absorbe su mente a menudo,
pues él se sujeta con fuerza al mundo,
y demasiado para las vidas presentes,
como para entretenerse en el pasado.

Pero ahora el profundo reposo de la noche
se ha deslizado dentro de su alma;
esa luz de luna cae sobre el Recuerdo,
y muestra su desteñido pergamino.
Un nombre aparece en cada línea
sobre la que brillan los suaves rayos,
y aún sonríe y aún repite
ese mismo nombre: Elinor.

No hay pena en su sonrisa,
ni amabilidad en su tono;
el triunfo de un corazón egoísta
habla con frialdad allí solo;
él dice: «Ella me amaba más que a la vida;
y ciertamente era dulce
ver a una mujer tan bella arrodillarse,
en servidumbre, a mis pies.

Había una suerte de callada felicidad
en ser tan sumamente amado,
en mirar su tembloroso entusiasmo
y sentarme impasible.
Y cuando le placía a mi orgullo conceder,
al fin, alguna rara caricia,

To feel the fever of that hand
My fingers deigned to press.

'Twas sweet to see her strive to hide
What every glance revealed;
Endowed, the while, with despot-might
Her destiny to wield.
I knew myself no perfect man,
Nor, as she deemed, divine;
I knew that I was glorious–but
By her reflected shine;

Her youth, her native energy,
Her powers new-born and fresh,
'Twas these with Godhead sanctified
My sensual frame of flesh.
Yet, like a god did I descend
At last, to meet her love;
And, like a god, I then withdrew
To my own heaven above.

And never more could she invoke
My presence to her sphere;
No prayer, no plaint, no cry of hers
Could win my awful ear.
I knew her blinded constancy
Would ne'er my deeds betray,
And, calm in conscience, whole in heart,
I went my tranquil way.

Yet, sometimes, I still feel a wish,
The fond and flattering pain
Of passion's anguish to create,
In her young breast again.
Bright was the lustre of her eyes,
When they caught fire from mine;
If I had power–this very hour,
Again I'd light their shine.

But where she is, or how she lives,
I have no clue to know;
I've heard she long my absence pined,

sentía la fiebre de esa mano
que mis dedos se dignaban presionar.

Era dulce verla esforzarse por ocultar
lo que cada mirada revelaba;
dotada, al mismo tiempo, de un poder déspota
que ejercería su destino.
No me consideraba un hombre perfecto,
ni, como ella estimaba, divino;
sabía que yo era glorioso, pero
por su reflejado brillo;

su juventud, su originaria energía,
sus poderes recién nacidos y lozanos,
eran estos los que santificaban como deidad
mi sensual estructura carnal.
Mas, como un dios descendí
al fin, para unirme a su amor;
y, como un dios, me retiré entonces
a mi propio cielo superior.

Y nunca más pudo invocar
mi presencia en su esfera;
ninguna plegaria, plañido o grito suyo
pudo ganarse mi horrible oído.
Sabía que su ciega constancia
nunca traicionaría mis hechos,
y, con calma en mi conciencia y plenitud de corazón,
tomé mi tranquilo camino.

Pero a veces aún siento un deseo,
el afectuoso y halagador dolor
por crear la angustia de la pasión
en su joven corazón una vez más.
Radiante era el brillo de sus ojos
cuando capturaban el fuego de los míos;
si yo tuviera poder, en este preciso momento,
de nuevo, habría iluminado su brillo.

Pero dónde está o cómo vive,
no hay nada que me ayude a saberlo;
he oído que añoró mucho mi ausencia

And left her home in woe.
But busied, then, in gathering gold,
As I am busied now,
I could not turn from such pursuit,
To weep a broken vow.

Nor could I give to fatal risk
The fame I ever prized;
Even now, I fear, that precious fame
Is too much compromised."
An inward trouble dims his eye,
Some riddle he would solve;
Some method to unloose a knot,
His anxious thoughts revolve.

He, pensive, leans against a tree,
A leafy evergreen,
The boughs, the moonlight, intercept,
And hide him like a screen;
He starts–the tree shakes with his tremor,
Yet nothing near him pass'd,
He hurries up the garden alley,
In strangely sudden haste.

With shaking hand, he lifts the latchet,
Steps o'er the threshold stone;
The heavy door slips from his fingers,
It shuts, and he is gone.
What touched, transfixed, appalled, his soul?
A nervous thought, no more;
'Twill sink like stone in placid pool,
And calm close smoothly o'er.

II.   THE PARLOUR

Warm is the parlour atmosphere,
Serene the lamp's soft light;
The vivid embers, red and clear,
Proclaim a frosty night.
Books, varied, on the table lie,
Three children o'er them bend,

y abandonó su hogar con aflicción.
Pero ocupada entonces en reunir oro,
como yo estoy ocupado ahora,
no pude alejarme de tal empresa
para sollozar por una rota promesa.

Ni podría entregar al riesgo fatal
la fama que siempre aprecié;
incluso ahora, me temo, esa preciada fama
está demasiado comprometida».
Una angustia interior nubla su mirada,
algún enigma por resolver;
algún método para desatar el nudo,
alrededor del cual giran sus pensamientos.

Él, pensativo, se apoya contra un árbol,
un frondoso árbol de hoja perenne,
las ramas interceptan la luz de la luna,
y lo ocultan como una pantalla;
se sobresalta, el árbol tiembla con su temblor,
y aunque nada pasó cerca de él,
se apresura por el callejón del jardín
con extraña y repentina prisa.

Con mano temblorosa levanta el pasador,
atraviesa el umbral de piedra;
la pesada puerta se escapa de sus dedos,
se cierra y él ha desaparecido.
¿Qué conmovió, paralizó y horrorizó a su alma?
Un pensamiento nervioso, nada más;
se hundirá como una piedra en un plácido charco
y la calma lo cubrirá sin mácula.

II. EL SALÓN

Cálido es el ambiente en el salón,
serena la suave luz de la lámpara;
las vivas brasas, rojas y definidas,
proclaman una noche helada.
Libros, variados, yacen sobre la mesa,
tres niños inclinados sobre ellos

And all, with curious, eager eye,
The turning leaf attend.

Picture and tale alternately
Their simple hearts delight,
And interest deep, and tempered glee,
Illume their aspects bright;
The parents, from their fireside place,
Behold that pleasant scene,
And joy is on the mother's face,
Pride, in the father's mien.

As Gilbert sees his blooming wife,
Beholds his children fair,
No thought has he of transient strife,
Or past, though piercing fear.
The voice of happy infancy
Lisps sweetly in his ear,
His wife, with pleased and peaceful eye,
Sits, kindly smiling, near.

The fire glows on her silken dress,
And shows its ample grace,
And warmly tints each hazel tress,
Curled soft around her face.
The beauty that in youth he wooed,
Is beauty still, unfaded,
The brow of ever placid mood
No churlish grief has shaded.

Prosperity, in Gilbert's home,
Abides, the guest of years;
There Want or Discord never come,
And seldom Toil or Tears.
The carpets bear the peaceful print
Of comfort's velvet tread,
And golden gleams from plenty sent,
In every nook are shed.

The very silken spaniel seems
Of quiet ease to tell,
As near its mistress' feet it dreams,

y todos, con ojos curiosos y ansiosos,
prestan atención a la hoja que pasa.

Alternativamente imagen y cuento
llenan sus simples corazones de contento,
y un interés profundo, y una atemperada alegría
iluminan sus aspectos que refulgían;
los padres, desde su lugar junto al fuego,
contemplan tal agradable estampa,
con alegría en el rostro de la madre
y orgullo en el semblante del padre.

Cuando Gilbert ve a su juvenil esposa,
contempla a sus hermosos hijos,
no alberga ningún pensamiento de conflicto transitorio
o pasado, pero sí siente un desgarrador miedo.
La voz de la feliz infancia
cecea dulcemente en su oído,
su esposa, con complacida y pacífica mirada,
se sienta cerca, sonriendo con amabilidad.

El fuego brilla sobre su vestido de seda
y muestra su abundante elegancia,
y tiñe de calidez cada mechón castaño,
los rizos que enmarcan, suaves, su rostro.
La belleza que en juventud él cortejó
sigue siendo belleza, no desvaída,
su frente de humor siempre plácido
no se ve ensombrecida por grosera pena.

La prosperidad, en el hogar de Gilbert,
continúa, su invitada desde hace años;
allí nunca entraban la Carencia o la Discordia,
y apenas recibían al Trabajo arduo o las Lágrimas.
Las alfombras soportan la apacible huella
del terciopelo de la comodidad,
y destellos dorados de la abundancia enviada,
se derraman por cada rincón.

El sedoso perro de aguas también
parece hablar de tranquila comodidad,
y sueña tan cerca de los pies de su ama

Sunk in a cushion's swell;
And smiles seem native to the eyes
Of those sweet children, three;
They have but looked on tranquil skies,
And know not misery.

Alas! that misery should come
In such an hour as this;
Why could she not so calm a home
A little longer miss?
But she is now within the door,
Her steps advancing glide;
Her sullen shade has crossed the floor,
She stands at Gilbert's side.

She lays her hand upon his heart,
It bounds with agony;
His fireside chair shakes with the start
That shook the garden tree.
His wife towards the children looks,
She does not mark his mien;
The children, bending o'er their books,
His terror have not seen.

In his own home, by his own hearth,
He sits in solitude,
And circled round with light and mirth,
Cold horror chills his blood.
His mind would hold with desperate clutch
The scene that round him lies;
No—changed, as by some wizard's touch,
The present prospect flies.

A tumult vague—a viewless strife
His futile struggles crush;
'Twixt him and his, an unknown life
And unknown feelings rush.
He sees—but scarce can language paint
The tissue Fancy weaves;
For words oft give but echo faint
Of thoughts the mind conceives.

hundido en el montículo de un cojín;
y las sonrisas parecen nativas en los ojos
de aquellos dulces niños, tres;
no han hecho más que ver cielos en calma
y no conocen la desgracia.

¡Ay! Que la desgracia hubiera de llegar
en tal momento como este;
¿por qué no ignorar un poco más
un hogar tan tranquilo?
Pero ella ahora se avecina a la puerta,
sus pasos avanzan como si se deslizara;
su lúgubre sombra ha cruzado el umbral,
se posiciona junto a Gilbert.

Ella posa su mano sobre su corazón,
lo rodea de sufrimiento;
su sillón junto al fuego tiembla con el sobresalto
que sacudió el árbol del jardín.
Su esposa mira hacia sus hijos,
ella no nota su semblante;
los niños, inclinados sobre sus libros,
su terror no han visto.

En su propio hogar, junto a su propio fuego,
se sienta en soledad
y, rodeado de luz y alegría,
un frío terror hiela su sangre.
Su mente se aferraría con desesperación
a la escena que a su alrededor yace;
no... Cambiada, como por el toque de algún brujo,
la perspectiva presente sale volando.

Un tumulto vago, un conflicto invisible
sus fútiles esfuerzos destroza;
entre ellos dos, una vida desconocida
y desconocidos sentimientos irrumpen.
Él ve, pero apenas puede el lenguaje dibujar
el tejido que el Capricho entreteje,
pues a menudo las palabras no ofrecen más que un débil eco
de los pensamientos que la mente concibe.

Noise, tumult strange, and darkness dim,
Efface both light and quiet;
No shape is in those shadows grim,
No voice in that wild riot.
Sustained and strong, a wondrous blast
Above and round him blows;
A greenish gloom, dense overcast,
Each moment denser grows.

He nothing knows—nor clearly sees,
Resistance checks his breath,
The high, impetuous, ceaseless breeze
Blows on him, cold as death.
And still the undulating gloom
Mocks sight with formless motion;
Was such sensation Jonah's doom,
Gulphed in the depths of ocean?

Streaking the air, the nameless vision,
Fast-driven, deep-sounding, flows;
Oh! whence its source, and what its mission?
How will its terrors close?
Long-sweeping, rushing, vast and void,
The Universe it swallows;
And still the dark, devouring tide,
A Typhoon tempest follows.

More slow it rolls; its furious race
Sinks to a solemn gliding;
The stunning roar, the wind's wild chase,
To stillness are subsiding.
And, slowly borne along, a form
The shapeless chaos varies;
Poised in the eddy to the storm,
Before the eye it tarries.

A woman drowned—sunk in the deep,
On a long wave reclining;
The circling waters' crystal sweep,
Like glass, her shape enshrining;
Her pale dead face, to Gilbert turned,
Seems as in sleep reposing;

Ruido, tumulto extraño y tenue oscuridad
eliminan la luz y la quietud;
ninguna forma aparece en esas oscuras sombras,
ninguna voz en esa salvaje revuelta.
Prolongada y fuerte, una asombrosa ráfaga
sopla por arriba y a su alrededor;
una penumbra verdosa, un denso nublado,
cada momento se vuelve más denso.

Él no sabe nada ni ve con claridad,
la resistencia controla su respiración,
la alta, impetuosa, incesante brisa
sopla sobre él, fría como la muerte.
Y aún la ondulante penumbra
se burla de la visión con movimientos sin forma;
¿fue tal sensación la ruina de Jonás,
engullido en las profundidades del océano?

Golpeando el aire, la visión sin nombre,
muy motivada y con profundo sonido, fluye;
¡Oh! ¿De dónde proviene su fuente y cuál es su misión?
¿Cómo terminará sus horrores?
De largo alcance y veloz, vasto y vacío,
el Universo devora;
y aún a la marea oscura y devoradora,
un tifón le sigue.

Más despacio retumba; su furiosa carrera
se reduce a un solemne deslizarse;
el imponente rugido, la loca persecución del viento,
están remitiendo a la quietud.
Y, dejándose llevar despacio, una forma
del caos sin forma varía;
serena en el torbellino de la tormenta,
permanece ante la mirada.

Una mujer ahogada, hundida en las profundidades,
sobre una larga ola reclinada;
las cristalinas aguas que giran barren,
como el cristal, su forma enclaustrada;
su pálido rostro muerto, girado hacia Gilbert,
parece estar en el reposo del sueño;

A feeble light, now first discerned,
The features well disclosing.

No effort from the haunted air
The ghastly scene could banish;
That hovering wave, arrested there,
Rolled—throbbed—but did not vanish.
If Gilbert upward turned his gaze,
He saw the ocean-shadow;
If he looked down, the endless seas
Lay green as summer meadow.

And straight before, the pale corpse lay,
Upborne by air or billow,
So near, he could have touched the spray
That churned around its pillow.
The hollow anguish of the face
Had moved a fiend to sorrow;
Not Death's fixed calm could rase the trace
Of suffering's deep-worn furrow.

All moved; a strong returning blast,
The mass of waters raising,
Bore wave and passive carcase past,
While Gilbert yet was gazing.
Deep in her isle-conceiving womb,
It seemed the Ocean thundered,
And soon, by realms of rushing gloom,
Were seer and phantom sundered.

Then swept some timbers from a wreck,
On following surges riding;
Then sea-weed, in the turbid rack
Uptorn, went slowly gliding.
The horrid shade, by slow degrees,
A beam of light defeated,
And then the roar of raving seas,
Fast, far, and faint, retreated.

And all was gone—gone like a mist,
Corse, billows, tempest, wreck;
Three children close to Gilbert prest

una débil luz, por primera vez vislumbrada,
revela bien los rasgos.

Ningún esfuerzo del poseído aire
podría disipar la abominable escena;
esa ola que se cierne, allí detenida,
retumbaba, palpitaba, pero no se desvanecía.
Si Gilbert enfocara su mirada hacia arriba,
vería la sombra del océano;
si mirara hacia abajo, los interminables mares
yacerían verdes como prados estivales.

Y justo delante, el pálido cadáver yacía,
llevado por el aire o por las olas,
tan cerca, que podría haber tocado el rocío
que se arremolinaba alrededor de su almohada.
La macilenta angustia del rostro
habría movido a un demonio a sentir pena;
ni la calma fija de la Muerte podría arrasar
las huellas del ceño fruncido por el sufrimiento.

Todo se movió; una fuerte ráfaga volvió,
la masa de agua se elevó,
llevándose la ola y el pasivo cadáver,
mientras Gilbert seguía mirando.
En lo profundo de su vientre, que concebía islas,
parecía que el océano retumbaba,
y pronto, por reinos de penumbra impetuosa,
el vidente y el fantasma se separaron.

Luego arrastró algunos maderos de algún naufragio
que cabalgaban sobre las siguientes olas;
luego las algas, por los turbios maderos
desgarrados, se deslizaban despacio.
La horrible sombra, poco a poco,
un rayo de luz derrotó,
y entonces el rugido de mares embravecidos,
rápido, lejano y débil, se retiró.

Y todo acabó, se fue como una niebla,
cadáver, olas, tempestad, naufragio;
tres niños cerca de Gilbert se presionan

And clung around his neck.
Good night! good night! the prattlers said
And kissed their father's cheek;
'Twas now the hour their quiet bed
And placid rest to seek.

The mother with her offspring goes
To hear their evening prayer;
She nought of Gilbert's vision knows,
And nought of his despair.
Yet, pitying God, abridge the time
Of anguish, now his fate!
Though, haply, great has been his crime,
Thy mercy, too, is great.

Gilbert, at length, uplifts his head,
Bent for some moments low,
And there is neither grief nor dread
Upon his subtle brow.
For well can he his feelings task,
And well his looks command;
His features well his heart can mask,
With smiles and smoothness bland.

Gilbert has reasoned with his mind—
He says 'twas all a dream;
He strives his inward sight to blind
Against truth's inward beam.
He pitied not that shadowy thing,
When it was flesh and blood;
Nor now can pity's balmy spring
Refresh his arid mood.

"And if that dream has spoken truth,"
Thus musingly he says;
"If Elinor be dead, in sooth,
Such chance the shock repays:
A net was woven round my feet,
I scarce could further go,
Are Shame had forced a fast retreat,
Dishonour brought me low."

y se abrazan a su cuello.
¡Buenas noches! ¡Buenas noches! Dicen los parlanchines
mientras besan las mejillas de su padre;
ya era la hora de que su tranquila cama
y su plácido descanso buscaran.

La madre con sus retoños se va
para oír sus plegarias nocturnas;
ella nada sabe de la visión de Gilbert,
y nada sabe de su desesperación.
Sin embargo, compadecido Dios, acorta el tiempo
de angustia, ¡ahora su destino!
Aunque, quizás, grande haya sido su crimen,
grande es también tu misericordia.

Gilbert, por fin, alza la cabeza,
inclinada por unos instantes,
y no hay pena ni temor
en su sutil frente.
Pues bien puede dominar sus sentimientos,
y bien su mirada mandar;
bien sus rasgos pueden enmascarar su corazón,
con sonrisas y suave afabilidad.

Gilbert ha razonado con su mente,
se dice que todo ha sido un sueño;
se esfuerza porque su visión interior se ciegue
contra el rayo interior de la verdad.
No sintió lástima por esa borrosa cosa
cuando era de carne y hueso;
ni ahora puede la suave primavera de la compasión
reanimar su adusto humor.

«Y si ese sueño ha dicho la verdad»,
dice así con aire distraído,
«si Elinor está muerta, en realidad,
tal suerte redime la impresión:
una red fue tejida alrededor de mis pies,
apenas podía avanzar más,
antes de que la Vergüenza provocara una rápida retirada,
el deshonor me abatió».

"Conceal her, then, deep, silent Sea,
Give her a secret grave!
She sleeps in peace, and I am free,
No longer Terror's slave:
And homage still, from all the world,
Shall greet my spotless name,
Since surges break and waves are curled
Above its threatened shame."

III.   THE WELCOME HOME

Above the city hangs the moon,
Some clouds are boding rain,
Gilbert, erewhile on journey gone,
To-night comes home again.
Ten years have passed above his head,
Each year has brought him gain;
His prosperous life has smoothly sped,
Without or tear or stain.

'Tis somewhat late–the city clocks
Twelve deep vibrations toll,
As Gilbert at the portal knocks,
Which is his journey›s goal.
The street is still and desolate,
The moon hid by a cloud;
Gilbert, impatient, will not wait,–
His second knock peals loud.

The clocks are hushed; there's not a light
In any window nigh,
And not a single planet bright
Looks from the clouded sky;
The air is raw, the rain descends,
A bitter north-wind blows;
His cloak the traveller scarce defends–
Will not the door unclose?

He knocks the third time, and the last;
His summons now they hear,
Within, a footstep, hurrying fast,

«¡Ocúltala, entonces, profundo y silencioso Mar,
concédele una tumba secreta!
Ella duerme en paz y yo soy libre,
ya no soy esclavo del Terror:
y homenajes, desde todo el mundo,
seguirán saludando mi inmaculado nombre,
pues las olas rompen y las olas se rizan
sobre su amenazada vergüenza».

III.   La bienvenida a casa

Sobre la ciudad cuelga la luna,
algunas nubes presagian lluvia,
Gilbert, quien marchó de viaje hace tiempo,
vuelve a casa esta noche.
Diez años han pasado sobre su cabeza,
cada año le ha traído ganancias;
su próspera vida ha acelerado con suavidad
sin desgarros ni manchas.

Es un poco tarde, el reloj de la ciudad
tañe doce profundas vibraciones
cuando Gilbert llama al portal,
que es el destino de su viaje.
La calle está tranquila y desolada,
la luna oculta tras una nube;
Gilbert, impaciente, no esperará.
su segundo golpe resuena fuerte.

Los relojes están silenciosos; no hay luz
en ninguna ventana cercana,
y ni un solo planeta brilla
desde el nublado cielo;
el aire es puro, la lluvia desciende,
un cortante viento del norte sopla;
su manto apenas defiende al viajero.
¿No se abrirá la puerta?

Llama por tercera vez, también la última;
sus llamadas oyen ahora,
dentro, unos pasos apresurados

Is heard approaching near.
The bolt is drawn, the clanking chain
Falls to the floor of stone;
And Gilbert to his heart will strain
His wife and children soon.

The hand that lifts the latchet, holds
A candle to his sight,
And Gilbert, on the step, beholds
A woman, clad in white.
Lo! water from her dripping dress
Runs on the streaming floor;
From every dark and clinging tress,
The drops incessant pour.

There's none but her to welcome him;
She holds the candle high,
And, motionless in form and limb,
Stands cold and silent nigh;
There's sand and sea-weed on her robe,
Her hollow eyes are blind;
No pulse in such a frame can throb,
No life is there defined.

Gilbert turned ashy-white, but still
His lips vouchsafed no cry;
He spurred his strength and master-will
To pass the figure by,–
But, moving slow, it faced him straight,
It would not flinch nor quail:
Then first did Gilbert's strength abate,
His stony firmness quail.

He sank upon his knees and prayed;
The shape stood rigid there;
He called aloud for human aid,
No human aid was near.
An accent strange did thus repeat
Heaven's stern but just decree:
"The measure thou to her didst mete,
To thee shall measured be!"

se oyen acercarse.
Descorren el cerrojo, la metálica cadena
cae al suelo de piedra,
y Gilbert, en su corazón, angustiará
a su esposa y a sus hijos pronto.

La mano que levanta el pasador
sostiene una vela ante sus ojos,
y Gilbert, en el umbral, contempla
a una mujer vestida de blanco.
¡Mirad! Agua de su empapado vestido
fluye por el suelo cual riachuelo;
de cada oscuro y adherido mechón,
las gotas caen incesantes.

No hay nadie más que ella para recibirlo;
ella sostiene la vela en alto
y, con forma y miembros inmóviles,
se queda fría y silenciosa cerca;
hay arena y algas en su vestido,
sus ojos huecos están ciegos;
ningún pulso puede latir en tal cuerpo,
ninguna vida queda definida allí.

Gilbert se volvió de un pálido ceniciento,
pero sus labios siguieron sin ofrecer un grito;
espoleó su fuerza y dominó su voluntad
para pasar junto a la figura,
pero, moviéndose lenta, lo miró de frente,
ni se encogió de miedo ni se acobardó:
pues primero se redujo la fortaleza de Gilbert,
su pétrea firmeza se acobardó.

Cayó de rodillas y rezó;
la figura se quedó allí rígida;
pidió a gritos ayuda humana,
mas no había ayuda humana cercana.
Un acento extraño así repitió
la severidad del Cielo y su justo decreto:
«¡la vara con la que la mediste a ella,
será usada para medirte a ti!».

Gilbert sprang from his bended knees,
By the pale spectre pushed,
And, wild as one whom demons seize,
Up the hall-staircase rushed;
Entered his chamber–near the bed
Sheathed steel and fire-arms hung–
Impelled by maniac purpose dread,
He chose those stores among.

Across his throat, a keen-edged knife
With vigorous hand he drew;
The wound was wide–his outraged life
Rushed rash and redly through.
And thus died, by a shameful death,
A wise and worldly man,
Who never drew but selfish breath
Since first his life began.

Currer

Gilbert saltó de su posición acuclillada,
impulsado por el pálido espectro,
y, enloquecido como quien es presa de los demonios,
subió corriendo la escalera del vestíbulo;
entró en su alcoba, donde cerca de la cama
colgaban acero envainado y armas de fuego;
impulsado por un miedo desesperado,
eligió entre esas provisiones.

Cruzando su garganta, un afilado cuchillo
se deslizó con mano vigorosa;
la herida era ancha; su vida ultrajada
se derramó como una roja erupción.
Y así murió, de muerte vergonzosa,
un hombre sabio y mundano,
que nunca fue más que un egoísta
desde que comenzara su vida.

CURRER

THE PRISONER

A FRAGMENT

In the dungeon-crypts, idly did I stray,
Reckless of the lives wasting there away;
"Draw the ponderous bars! open, Warder stern!"
He dared not say me nay—the hinges harshly turn.

"Our guests are darkly lodged," I whisper'd, gazing through
The vault, whose grated eye showed heaven more grey than blue;
(This was when glad spring laughed in awaking pride;)
"Aye, darkly lodged enough!" returned my sullen guide.

Then, God forgive my youth; forgive my careless tongue;
I scoffed, as the chill chains on the damp flag-stones rung:
"Confined in triple walls, art thou so much to fear,
That we must bind thee down and clench thy fetters here?"

The captive raised her face, it was as soft and mild
As sculpted marble saint, or slumbering unwean'd child;
It was so soft and mild, it was so sweet and fair,
Pain could not trace a line, nor grief a shadow there!

The captive raised her hand and pressed it to her brow;
"I have been struck," she said, "and I am suffering now;
Yet these are little worth, your bolts and irons strong,
And, were they forged in steel, they could not hold me long."

LA PRISIONERA

FRAGMENTO

Por la cripta de las mazmorras vagué distraído,
sin pensar temerario en las vidas que allí se consumían;
«¡Descorre los pesados pestillos! ¡Abre, severo carcelero!».
No se atrevió a decirme que no; las bisagras giran con aspereza.

«Nuestros huéspedes están alojados de un modo pésimo», susurré al mirar
en la cripta, cuyo ojo enrejado mostraba un cielo más gris que azul;
(ahí fue cuando la alegre primavera rio al despertar el orgullo);
«¡Sí, alojados con bastante pesimismo!» contestó mi taciturno guía.

Entonces, que Dios perdone mi juventud, que perdone mi descuidada lengua;
me burlé cuando las heladas cadenas resonaron sobre los húmedos adoquines:
«Confinada entre triples muros, ¿tanto miedo das
que debemos encadenarte y ponerte los grilletes aquí?».

La cautiva levantó el rostro, era tan suave y apacible
como el de una santa esculpida en mármol, o un niño de pecho dormido;
¡era tan suave y apacible, era tan dulce y bello,
que el dolor no trazaba arrugas, ni la pena arrojaba sombras allí!

La cautiva levantó la mano y se la llevó a la frente;
«me han golpeado —dijo—, y estoy sufriendo ahora;
pero estos son de poco valor, tus fuertes cerrojos y grilletes,
y, si estuvieran forjados de acero, no podrían sujetarme por mucho tiempo».

Hoarse laughed the jailor grim: "Shall I be won to hear;
Dost think, fond, dreaming wretch, that I shall grant thy prayer?
Or, better still, wilt melt my master's heart with groans?
Ah! sooner might the sun thaw down these granite stones.

"My master's voice is low, his aspect bland and kind,
But hard as hardest flint, the soul that lurks behind;
And I am rough and rude, yet not more rough to see
Than is the hidden ghost that has its home in me."

About her lips there played a smile of almost scorn,
"My friend," she gently said, "you have not heard me mourn;
When you my kindred's lives, my lost life, can restore,
Then I may weep and sue,–but never, friend, before!

Still, let my tyrants know, I am not doom'd to wear
Year after year in gloom, and desolate despair;
A messenger of Hope, comes every night to me,
And offers for short life, eternal liberty.

He comes with western winds, with evening's wandering airs,
With that clear dusk of heaven that brings the thickest stars.
Winds take a pensive tone, and stars a tender fire,
And visions rise, and change, that kill me with desire.

Desire for nothing known in my maturer years,
When Joy grew mad with awe, at counting future tears.
When, if my spirit's sky was full of flashes warm,
I knew not whence they came, from sun, or thunder storm.

But, first, a hush of peace–a soundless calm descends;
The struggle of distress, and fierce impatience ends.
Mute music soothes my breast, unuttered harmony,
That I could never dream, till Earth was lost to me.

Then dawns the Invisible; the Unseen its truth reveals;
My outward sense is gone, my inward essence feels:
Its wings are almost free–its home, its harbour found,
Measuring the gulph, it stoops, and dares the final bound.

El sombrío carcelero soltó una risa ronca: «¿Seré persuadido para escucharte?
¿Crees, desdichada soñadora, que te concederé tu plegaria?
O, mejor aún, ¿qué derretirás el corazón de mi amo con gemidos?
¡Ah! Sería más probable que el sol derritiera estas piedras de granito.

La voz de mi amo es baja, su aspecto anodino y amable,
pero un alma dura como el pedernal acecha bajo su aspecto;
y soy rudo y grosero, pero no más rudo de ver
que el fantasma oculto que tiene su hogar en mí».

En sus labios se dibujó una sonrisa casi de desprecio.
«Amigo mío —dijo con dulzura—, no me has oído llorar;
cuando la vida de mis parientes, mi vida perdida, puedas restaurar,
entonces podré llorar y suplicar, ¡pero nunca, amigo, antes!

Pero deja que mis tiranos sepan que no estoy condenada a mantenerme
año tras año en sombría y desolada desesperación;
un mensajero de Esperanza acude a mí cada noche
y me ofrece, por una vida breve, la eterna libertad.

Viene con los vientos del oeste, con los aires errantes del atardecer,
con ese claro crepúsculo del cielo que muestra las estrellas más densas.
Los vientos adoptan un tono pensativo, y las estrellas un fuego amable,
y surgen visiones, cambiantes, que me matan de deseo.

Deseo por nada conocido en mis años de madurez,
cuando la alegría enloquecía de asombro al contar futuras lágrimas.
Cuando, si el cielo de mi espíritu se llenaba de cálidos destellos,
no sabía de dónde procedían, si del sol o de la tormenta.

Pero, primero, un silencio de paz, una calma silenciosa desciende;
la lucha entre la angustia y la feroz impaciencia termina.
Una música muda apacigua mi corazón, armonía inexpresada,
con la que nunca pude soñar hasta que perdí la Tierra.

Entonces amanece lo Invisible; lo Invisible revela su verdad;
mi sentido exterior se desvanece, mi esencia interior siente:
sus alas son casi libres, su hogar, su puerto encontrado,
midiendo el abismo, se inclina y se atreve a dar el salto final.

Oh, dreadful is the check–intense the agony–
When the ear begins to hear, and the eye begins to see;
When the pulse begins to throb, the brain to think again,
The soul to feel the flesh, and the flesh to feel the chain.

Yet I would lose no sting, would wish no torture less;
The more that anguish racks, the earlier it will bless;
And robed in fires of hell, or bright with heavenly shine,
If it but herald death, the vision is divine!"

She ceased to speak, and we, unanswering, turned to go–
We had no further power to work the captive woe:
Her cheek, her gleaming eye, declared that man had given
A sentence, unapproved, and overruled by Heaven.

ELLIS

¡Oh, terrible es el obstáculo, intensa la agonía!
Cuando el oído comienza a oír y el ojo comienza a ver;
cuando el pulso empieza a latir, el cerebro de nuevo a pensar,
el alma a sentir la carne, y la carne a sentir la cadena.

Mas no quiero perder el aguijón, no quiero menos tortura,
cuanto más me atormente la angustia, antes llegará la bendición,
y envuelta en fuegos del infierno, o fulgurante con resplandor celestial,
¡si tan sólo augura la muerte, la visión es divina!».

Dejó de hablar y nosotros, sin responder, nos giramos para irnos.
No teníamos más poder para causar aflicción a la cautiva:
sus mejillas, sus brillantes ojos, declaraban que el hombre le había
                                        [declarado
una sentencia, no aprobada y anulada por el Cielo.

ELLIS

IF THIS BE ALL

O God! if this indeed be all
That Life can show to me;
If on my aching brow may fall
No freshening dew from Thee,–

If with no brighter light than this
The lamp of hope may glow,
And I may only dream *of bliss,*
And wake to weary woe;

If friendship's solace must decay,
When other joys are gone,
And love must keep so far away,
While I go wandering on,–

Wandering and toiling without gain,
The slave of others' will,
With constant care, and frequent pain,
Despised, forgotten still;

Grieving to look on vice and sin,
Yet powerless to quell
The silent current from within,
The outward torrent's swell:

While all the good I would impart,
The feelings I would share,
Are driven backward to my heart,
And turned to wormwood, there;

If clouds must ever *keep from sight*
The glories of the Sun,

SI ESTO ES TODO

¡Oh Dios! Si de verdad esto es todo
lo que la Vida puede mostrarme;
si sobre mi dolorida frente no caerá
el refrescante rocío de Tu presencia;

si con luz no más brillante que esta
debe brillar la lámpara de la esperanza,
y sólo puedo soñar con la felicidad
y despertar a la agotadora congoja;

si el solaz de la amistad debe decaer,
cuando otros gozos desaparecen,
y el amor debe mantenerse tan alejado,
mientras yo sigo deambulando,

deambulando y esforzándome sin recompensa,
esclava de las voluntades de otros,
con constante cuidado y frecuente dolor,
despreciada, aún olvidada;

afligida al contemplar el vicio y el pecado,
pero impotente para sofocar
la silenciosa corriente interior,
el oleaje del torrente exterior:

mientras que todo el bien que impartiría,
los sentimientos que compartiría,
son llevados de vuelta a mi corazón,
y convertidos en ajenjo, allí;

si las nubes han de ocultar por siempre
las glorias del sol,

And I must suffer Winter's blight,
Ere Summer is begun;

If Life must be so full of care,
Then call me soon to Thee;
Or give me strength enough to bear
My load of misery.

ACTON

y debo sufrir la plaga del invierno,
antes de que empiece el verano;

si la vida debe estar tan llena de preocupaciones,
entonces llámame pronto ante Ti;
o dame fuerzas suficientes para soportar
mi carga de tristeza.

ACTON

LIFE

Life, believe, is not a dream
So dark as sages say;
Oft a little morning rain
Foretells a pleasant day.
Sometimes there are clouds of gloom,
But these are transient all;
If the shower will make the roses bloom,
O why lament its fall?
Rapidly, merrily,
Life's sunny hours flit by,
Gratefully, cheerily,
Enjoy them as they fly!

What though Death at times steps in
And calls our Best away?
What though sorrow seems to win,
O'er hope, a heavy sway?
Yet hope again elastic springs,
Unconquered, though she fell;
Still buoyant are her golden wings,
Still strong to bear us well.
Manfully, fearlessly,
The day of trial bear,
For gloriously, victoriously,
Can courage quell despair!

CURRER

VIDA

La vida, creedme, no es un sueño
tan oscuro como los sabios dicen;
a menudo una leve lluvia matutina
predice un agradable día.
A veces hay nubes de pesadumbre,
pero todas esas son transitorias;
si el aguacero hace que las rosas florezcan,
oh, ¿por qué lamentar su caída?
Rápidas, con alegría,
las soleadas horas de la vida pasan revoloteando,
agradecida, con gozo,
¡disfrútalas mientras vuelan!

¿Y qué si la Muerte interviene a veces
y convoca a nuestros Mejores?
¿Y qué si la pena parece ganar
sobre la esperanza con gran influjo?
Pero la esperanza vuelve a rebotar elástica,
indómita a pesar de la caída;
aún alegres son sus doradas alas,
aún fuertes para llevarnos bien.
¡Varonil y sin temor,
soporta el día del juicio,
pues glorioso y victorioso,
el valor reprime la desesperación!

CURRER

HOPE

Hope was but a timid friend;
She sat without the grated den,
Watching how my fate would tend,
Even as selfish-hearted men.

She was cruel in her fear;
Through the bars, one dreary day,
I looked out to see her there,
And she turned her face away!

Like a false guard, false watch keeping,
Still, in strife, she whispered peace;
She would sing while I was weeping;
If I listened, she would cease.

False she was, and unrelenting;
When my last joys strewed the ground,
Even Sorrow saw, repenting,
Those sad relics scattered round;

Hope, whose whisper would have given
Balm to all my frenzied pain,
Stretched her wings, and soared to heaven,
Went, and ne'er returned again!

ELLIS

ESPERANZA

La esperanza no era más que una amiga tímida;
se sentaba tras las rejas de la guarida,
observando a qué tendería mi destino,
incluso como hombres de corazón egoísta.

Ella era cruel en su temor;
a través de los barrotes, un deprimente día,
miré para verla allí
¡y ella me volvió su rostro!

Como un falso guardia, mantenía una falsa vigilia,
aun así, en conflicto, ella susurraba paz;
ella cantaba mientras yo sollozaba;
si yo escuchara, ella se detendría.

Falsa era ella, e implacable;
cuando mis últimas alegrías se esparcieron por el suelo,
incluso la Pena vio, arrepentida,
esas tristes reliquias esparcidas;

¡La esperanza, cuyo susurro habría sido
un bálsamo para todo mi frenético dolor,
abrió sus alas y se elevó a los cielos,
se fue para no regresar jamás!

Ellis

MEMORY

Brightly the sun of summer shone,
Green fields and waving woods upon,
And soft winds wandered by;
Above, a sky of purest blue,
Around, bright flowers of loveliest hue,
Allured the gazer's eye.

But what were all these charms to me,
When one sweet breath of memory
Came gently wafting by?
I closed my eyes against the day,
And called my willing soul away,
From earth, and air, and sky;

That I might simply fancy there
One little flower–a primrose fair,
Just opening into sight;
As in the days of infancy,
An opening primrose seemed to me
A source of strange delight.

Sweet Memory! ever smile on me;
Nature's chief beauties spring from thee;
Oh, still thy tribute bring!
Still make the golden crocus shine
Among the flowers the most divine,
The glory of the spring.

Still in the wall-flower's fragrance dwell;
And hover round the slight blue bell,
My childhood's darling flower.

RECUERDO

Con fuerza el sol del verano brillaba
sobre verdes campos y ondulantes bosques,
y suaves vientos se desplazaban;
por encima, un cielo del más puro azul,
alrededor, brillantes flores del tono más encantador
llamaban la atención del observador.

Pero ¿qué eran todos esos encantos para mí,
cuando el dulce aliento de un recuerdo
me llegaba flotando con dulzura?
Cerré mis ojos al día
y convoqué a mi alma anhelante
desde la tierra, el aire y el cielo;

ojalá pudiera tan sólo imaginar allí
una pequeña flor, una bella prímula
que acababa de abrirse a la vista,
como en los días de mi infancia,
una prímula en flor me parecía
una fuente de extraño placer.

¡Dulce Recuerdo! ¡Siempre me sonríe!
¡Las principales bellezas de la Naturaleza brotan de ti!
¡Oh, continúa ofreciendo tu tributo!
Sigue haciendo brillar el dorado azafrán
entre las flores más divinas,
la gloria de la primavera.

Sigue morando en la fragancia de los alhelíes,
y ronda a la liviana campanilla,
mi querida flor de mi infancia.

Smile on the little daisy still,
The buttercup's bright goblet fill
With all thy former power.

For ever hang thy dreamy spell
Round mountain star and heather bell,
And do not pass away
From sparkling frost, or wreathed snow,
And whisper when the wild winds blow,
Or rippling waters play.

Is childhood, then, so all divine?
Or Memory, is the glory thine,
That haloes thus the past?
Not all *divine; its pangs of grief,*
(Although, perchance, their stay be brief,)
Are bitter while they last.

Nor is the glory all thine own,
For on our earliest joys alone
That holy light is cast.
With such a ray, no spell of thine
Can make our later pleasures shine,
Though long ago they passed.

ACTON

Sigue sonriéndole a la pequeña margarita,
el brillante cáliz del ranúnculo llena
con todo tu anterior poder.

Por siempre permanece tu fantasioso hechizo
alrededor de la borraja y el brezo,
y no ignora
la brillante escarcha o la corona de nieve,
y susurra cuando soplan los vientos fuertes
o juegan con las ondulantes aguas.

¿Es la infancia, pues, algo tan divino?
¿O, Recuerdo, es tuya la gloria
que rodea el pasado con un halo?
No todo es divino; sus punzadas de pena
(aunque, por ventura, su estadía es corta)
son amargas mientras duran.

Ni es la gloria toda tuya,
pues sólo sobre nuestras primeras alegrías
recae esa sagrada luz.
Con tal rayo, ningún hechizo tuyo
puede hacer que nuestros postreros placeres brillen
aunque haya pasado mucho tiempo.

Acton

THE LETTER

What is she writing? Watch her now,
How fast her fingers move!
How eagerly her youthful brow
Is bent in thought above!
Her long curls, drooping, shade the light,
She puts them quick aside,
Nor knows, that band of crystals bright,
Her hasty touch untied.
It slips adown her silken dress,
Falls glittering at her feet;
Unmarked it falls, for she no less
Pursues her labour sweet.

The very loveliest hour that shines,
Is in that deep blue sky;
The golden sun of June declines,
It has not caught her eye.
The cheerful lawn, and unclosed gate,
The white road, far away,
In vain for her light footsteps wait,
She comes not forth to-day.
There is an open door of glass
Close by that lady's chair;
From thence, to slopes of mossy grass,
Descends a marble stair.

Tall plants of bright and spicy bloom
Around the threshold grow;
Their leaves and blossoms shade the room,
From that sun's deepening glow.
Why does she not a moment glance
Between the clustering flowers,

LA CARTA

¿Qué está escribiendo? ¡Mírala ahora!
¡Cuán rápido sus dedos se mueven!
¡Con qué ansia su juvenil frente
se inclina sobre los pensamientos!
Sus largos rizos, caídos, tapan la luz,
se los aparta con rapidez,
tampoco sabe que sus dedos presurosos
desataron esa banda de cristales brillantes.
Se desliza por su vestido de seda,
cae centelleante a sus pies,
cae sin ser percibida, pues ella
no deja de perseguir su dulce labor.

La hora más encantadora que brilla
se encuentra en ese profundo cielo azul;
el dorado sol de junio desciende,
no ha llamado su atención.
El alegre césped y la puerta sin cerrar,
la blanca carretera, allá a lo lejos,
en vano espera sus ligeros pasos,
ella no saldrá hoy.
Hay una puerta de cristal abierta
cerca de la silla de la dama;
desde allí, hacia laderas de césped cubierto de musgo,
desciende una escalinata de mármol.

Altas plantas de brillante y aromática floración
crecen alrededor del umbral;
sus hojas y capullos protegen la sala
del intenso fulgor del sol.
¿Por qué no mira por un momento
entre las arracimadas flores

And mark in heaven the radiant dance
Of evening›s rosy hours?
O look again! Still fixed her eye,
Unsmiling, earnest, still,
And fast her pen and fingers fly,
Urged by her eager will.

Her soul is in th' absorbing task;
To whom, then, doth she write?
Nay, watch her still more closely, ask
Her own eyes' serious light;
Where do they turn, as now her pen
Hangs o'er th' unfinished line?
Whence fell the tearful gleam that then
Did in their dark spheres shine?
The summer-parlour looks so dark,
When from that sky you turn,
And from th' expanse of that green park,
You scarce may aught discern.

Yet o'er the piles of porcelain rare,
O'er flower-stand, couch, and vase,
Sloped, as if leaning on the air,
One picture meets the gaze.
'Tis there she turns; you may not see
Distinct, what form defines
The clouded mass of mystery
Yon broad gold frame confines.
But look again; inured to shade
Your eyes now faintly trace
A stalwart form, a massive head,
A firm, determined face.

Black Spanish locks, a sunburnt cheek,
A brow high, broad, and white,
Where every furrow seems to speak
Of mind and moral might.
Is that her god? I cannot tell;
Her eye a moment met
Th' impending picture, then it fell
Darkened and dimmed and wet.

para percibir en el cielo la radiante danza
de las horas rosadas de la noche?
¡Oh, vuelve a mirar! Su mirada sigue fija,
sin sonreír, seria, quieta,
y rápido vuelan su pluma y sus dedos,
urgidos por su ansioso deseo.

Su alma se encuentra en la absorbente tarea;
¿a quién, pues, le escribe?
No, observémosla más detenidamente,
preguntemos a la seria luz de sus ojos;
¿hacia dónde se giran, como ahora
que su pluma se cierne sobre una línea inacabada?
¿De dónde procede el triste brillo que entonces
en sus oscuras esferas brillaba?
El salón de verano parece tan oscuro
cuando te giras desde ese cielo,
y desde la extensión de ese verde parque
apenas puedes distinguir nada.

Mas sobre los montones de extraordinaria porcelana,
sobre los floreros, el sofá y el jarrón,
inclinado, como si se apoyara en el aire,
un cuadro encuentra su mirada.
Es hacia allí que se gira; puede que no veas,
nítida, qué forma define
la nublada masa de misterio
confinada dentro del ancho marco dorado.
Pero vuelve a mirar; habituados a las sombras
tus ojos ahora recorren débilmente
una robusta forma, una enorme cabeza,
un firme y decidido rostro.

Negros mechones españoles, una mejilla bronceada,
una frente alta, ancha y blanca,
donde cada arruga parece hablar
de poderío mental y moral.
¿Es ese su dios? No lo puedo saber;
sus ojos se encontraron por un instante
con ese imperioso cuadro, luego
se oscurecieron, se apagaron y se humedecieron.

A moment more, her task is done,
And sealed the letter lies;
And now, towards the setting sun
She turns her tearful eyes.

Those tears flow over, wonder not,
For by the inscription, see
In what a strange and distant spot
Her heart of hearts must be!
Three seas and many a league of land
That letter must pass o'er,
E'er read by him to whose loved hand
'Tis sent from England's shore.
Remote colonial wilds detain
Her husband, loved though stern;
She, 'mid that smiling English scene,
Weeps for his wished return.

CURRER

Un instante más, su tarea está acabada,
y la carta yace sellada;
y ahora, hacia el sol poniente
vuelve sus llorosos ojos.

¡Esas lágrimas fluyen, no preguntes,
pues por la inscripción vemos
en qué extraño y distante lugar
debe hallarse su fuero interno!
Tres mares y muchas leguas de tierra
esa carta debe atravesar,
para ser leída por aquel a quien la amada mano
se la envió desde la costa de Inglaterra.
Remotas colonias agrestes detienen
a su marido, amado aunque estricto;
ella, en medio de esa sonriente escena inglesa,
llora por el regreso de su amado.

CURRER

A DAY DREAM

On a sunny brae, alone I lay
One summer afternoon;
It was the marriage-time of May
With her young lover, June.

From her mother's heart, seemed loath to part
That queen of bridal charms,
But her father smiled on the fairest child
He ever held in his arms.

The trees did wave their plumy crests,
The glad birds caroled clear;
And I, of all the wedding guests,
Was only sullen there!

There was not one, but wished to shun
My aspect void of cheer;
The very grey rocks, looking on,
Asked, "What do you do here?"

And I could utter no reply;
In sooth, I did not know
Why I had brought a clouded eye
To greet the general glow.

So, resting on a heathy bank,
I took my heart to me;
And we together sadly sank
Into a reverie.

We thought, "When winter comes again,
Where will these bright things be?

UNA ENSOÑACIÓN

En una soleada ladera, sola me hallo
una tarde de verano;
era el tiempo de la boda de Mayo
con su joven amante Junio.

Desde el corazón de su madre, parecía odiar separarse
de esa reina de encantos nupciales,
pero su padre sonrió a la hija más bella
que jamás sostuvo en sus brazos.

Los árboles sacudían sus plumosas copas,
los alegres pájaros cantaban;
y yo, de todos los invitados a la boda,
¡era la única taciturna allí!

No había nadie, pero deseaban evitar
mi aspecto desprovisto de alegría;
las mismas rocas grises, al mirar,
preguntaban, «¿qué haces aquí?».

Y yo no podía ofrecer respuesta;
en realidad, no sabía
por qué había traído un ojo nublado
para recibir el general resplandor.

Así pues, para descansar sobre los matorrales,
me llevé a mi corazón,
y juntos nos hundimos tristemente
en una ensoñación.

Pensamos, «cuando vuelva el invierno,
¿dónde estarán estas cosas luminosas?

All vanished, like a vision vain,
An unreal mockery!

The birds that now so blithely sing,
Through deserts, frozen dry,
Poor spectres of the perished spring,
In famished troops, will fly.

And why should we be glad at all?
The leaf is hardly green,
Before a token of its fall
Is on the surface seen!"

Now, whether it were really so,
I never could be sure;
But as in fit of peevish woe,
I stretched me on the moor.

A thousand thousand gleaming fires
Seemed kindling in the air;
A thousand thousand silvery lyres
Resounded far and near:

Methought, the very breath I breathed
Was full of sparks divine,
And all my heather-couch was wreathed
By that celestial shine!

And, while the wide earth echoing rung
To their strange minstrelsy,
The little glittering spirits sung,
O seemed to sing, to me.

"O mortal! mortal! let them die;
Let time and tears destroy,
That we may overflow the sky
With universal joy!

Let grief distract the sufferer's breast,
And night obscure his way;
They hasten him to endless rest,
And everlasting day.

¡Todas desvanecidas, como una vana visión,
una burla irreal!

Los pájaros que ahora cantan con tanta alegría,
a través de desiertos, helados y secos,
pobres espectros de la fallecida primavera,
en bandadas famélicas volarán.

Y ¿por qué deberíamos alegrarnos en absoluto?
¡La hoja es apenas verde
antes de que una prueba de su caída
sea vista en la superficie!».

Ahora, si fue realmente así,
nunca podría estar segura,
pero, como en un acceso de irritada congoja,
me estiré sobre el páramo.

Miles y miles de brillantes fuegos
parecían encenderse en el aire;
miles y miles de plateadas liras
resonaban por todas partes:

¡Paréceme que el aliento mismo que respiraba
estuviera lleno de chispas divinas,
y que todo mi asiento de brezo estaba envuelto
por ese brillo celestial!

Y, mientras la ancha tierra retumba
con su extraña juglaría,
los pequeños espíritus brillantes cantaban,
oh, parecía que cantaban para mí.

«¡Oh, mortal! ¡Mortal! ¡Deja que mueran;
deja que el tiempo y las lágrimas destruyan
para que podamos rebosar el cielo
con alegría universal!

Deja que la pena distraiga el corazón del que sufre
y que la noche oculte su camino;
lo apresuran hacia el descanso infinito
y el día eterno.

To thee the world is like a tomb,
A desert's naked shore;
To us, in unimagined bloom,
It brightens more and more!

And, could we lift the veil, and give
One brief glimpse to thine eye,
Thou wouldst rejoice for those that live,
Because *they live to die."*

The music ceased; the noonday dream,
Like dream of night, withdrew;
But Fancy, still, will sometimes deem
Her fond creation true.

Eʟʟɪs

Para ti el mundo es como una tumba,
la orilla desnuda de un desierto;
para nosotros, en floración insospechada,
¡nos ilumina cada vez más!

Y, si pudiéramos alzar el velo para echar
un breve vistazo a tus ojos,
tú te regocijarías por aquellos que viven,
porque viven para morir».

La música cesó; el sueño del mediodía,
como el sueño de la noche, se retiró;
pero la Imaginación, aún, a veces juzgará
que su afectuosa creación es verdadera.

ELLIS

TO COWPER

Sweet are thy strains, celestial Bard;
And oft, in childhood's years,
I've read them o'er and o'er again,
With floods of silent tears.

The language of my inmost heart,
I traced in every line;
My sins, my sorrows, hopes, and fears,
Were there–and only mine.

All for myself the sigh would swell,
The tear of auguish start;
I little knew what wilder woe
Had filled the Poet's heart.

I did not know the nights of gloom,
The days of misery;
The long, long years of dark despair,
That crushed and tortured thee.

But they are gone; from earth at length
Thy gentle soul is pass'd,
And in the bosom of its God
Has found its home at last.

It must be so, if God is love,
And answers fervent prayer;
Then surely thou shalt dwell on high,
And I may meet thee there.

Is he the source of every good,
The spring of purity?

A COWPER

Dulces son tus compases, Bardo celestial,
y a menudo, en mis años de infancia,
los he leído una y otra vez
con regueros de silenciosas lágrimas.

El lenguaje de mi más íntimo corazón
rastreé con cada verso;
mis pecados, mis penas, esperanzas y miedos
estaban allí... y eran sólo míos.

Sólo para mí el suspiro se intensificaría,
la lágrima de angustia comenzaría;
poco sabía que una aflicción más tormentosa
había inundado el corazón del Poeta.

No sabía de las noches de tristeza,
de los días de angustia,
de los largos, largos años de oscura desesperación
que te abrumaban y te torturaban.

Pero han desaparecido; de la tierra, al fin,
tu gentil alma ha claudicado,
y en el seno de su Dios
ha encontrado su hogar al fin.

Debe de ser así, si Dios es amor
y contesta a las fervorosas plegarias;
entonces, de seguro que tú morarás en las alturas
y puede que me reúna contigo allí.

¿Es Él la fuente de todo bien,
la fuente de la pureza?

Then in thine hours of deepest woe,
Thy God was still with thee.

How else, when every hope was fled,
Couldst thou so fondly cling
To holy things and holy men?
And how so sweetly sing,

Of things that God alone could teach?
And whence that purity,
That hatred of all sinful ways–
That gentle charity?

Are these *the symptoms of a heart*
Of heavenly grace bereft:
For ever banished from its God,
To Satan's fury left?

Yet, should thy darkest fears be true,
If Heaven be so severe,
That such a soul as thine is lost,–
Oh! how shall I *appear?*

ACTON

Entonces, en tu hora de mayor congoja,
tu Dios seguía estando contigo.

¿Cómo si no, cuando toda esperanza ha huido,
podrías aferrarte con tanto cariño
a objetos sagrados y a hombres sagrados?
¿Y cómo ensalzas con tanta dulzura

las cosas que solo Dios podría predicar?
¿Y de dónde procede esa pureza,
ese odio hacia todo lo que lleva al pecado,
esa gentil caridad?

¿Son estos los síntomas de un corazón
despojado de gracia divina:
desterrado para siempre de su Dios,
abandonado a la furia de Satanás?

Aun así, si tus miedos más oscuros fueran ciertos,
si el Cielo fuera tan severo
como para dejar perecer un alma como la tuya...
¡Oh! ¿Cómo apareceré?

ACTON

REGRET

Long ago I wished to leave
"The house where I was born;"
Long ago I used to grieve,
My home seemed so forlorn.
In other years, its silent rooms
Were filled with haunting fears;
Now, their very memory comes
O'ercharged with tender tears.

Life and marriage I have known,
Things once deemed so bright;
Now, how utterly is flown
Every ray of light!
'Mid the unknown sea of life
I no blest isle have found;
At last, through all its wild wave's strife,
My bark is homeward bound.

Farewell, dark and rolling deep!
Farewell, foreign shore!
Open, in unclouded sweep,
Thou glorious realm before!
Yet, though I had safely pass'd
That weary, vexed main,
One loved voice, through surge and blast,
Could call me back again.

Though the soul's bright morning rose
O'er Paradise for me,
William! even from Heaven's repose
I'd turn, invoked by thee!
Storm nor surge should e'er arrest
My soul, exulting then:
All my heaven was once thy breast,
Would it were mine again!

CURRER

ARREPENTIMIENTO

Hace mucho deseé abandonar
«la casa en la que nací»;
hace mucho solía lamentarme,
mi hogar me parecía tan triste.
En otros años, sus silenciosas salas
estaban llenas de inquietantes miedos;
ahora, su solo recuerdo llega
sobrecargado de tiernas lágrimas.

Vida y matrimonio he conocido,
cosas que antaño consideré tan brillantes;
ahora, ¡cuán completamente ha huido
cada rayo de luz!
En medio del desconocido mar de la vida
no he hallado una isla bendita;
al fin, superando toda lucha contra las salvajes olas,
mi barca va finalmente rumbo a casa.

¡Adiós, oscura y ondulante profundidad!
¡Adiós, orilla extraña!
¡Abre ante mí, sin nubes,
la extensión de tu glorioso reino!
Mas, aunque ya había pasado a salvo
ese mar cansada y agitada,
una voz amada, a través de las olas y las ráfagas,
podía volver a llamarme.

¡Aunque la brillante mañana del alma se elevase
sobre el Paraíso para mí,
William! ¡Incluso del descanso del Cielo
regresaría, invocada por ti!
Ni tormentas ni oleaje deberían frenar
mi alma, entonces exultante:
todo mi cielo fue una vez tu pecho,
¡ojalá fuera mío de nuevo!

CURRER

TO IMAGINATION

When weary with the long day's care,
And earthly change from pain to pain,
And lost and ready to despair,
Thy kind voice calls me back again:
Oh, my true friend! I am not lone,
While thou canst speak with such a tone!

So hopeless is the world without;
The world within I doubly prize;
Thy world, where guile, and hate, and doubt,
And cold suspicion never rise;
Where thou, and I, and Liberty,
Have undisputed sovereignty.

What matters it, that, all around,
Danger, and guilt, and darkness lie,
If but within our bosom's bound
We hold a bright, untroubled sky,
Warm with ten thousand mingled rays
Of suns that know no winter days?

Reason, indeed, may oft complain
For Nature's sad reality,
And tell the suffering heart, how vain
Its cherished dreams must always be;
And Truth may rudely trample down
The flowers of Fancy, newly-blown:

But, thou art ever there, to bring
The hovering vision back, and breathe
New glories o'er the blighted spring,
And call a lovelier Life from Death,

A LA IMAGINACIÓN

Cuando cansada de los cuidados del largo día,
y del cambio terrenal de dolor a dolor,
y perdida y presta a la desesperación,
tu amable voz vuelve a llamarme,
¡oh, mi fiel amigo! ¡No estoy sola,
mientras tú puedas hablar con tal tono!

Tan desesperado es el mundo exterior;
que valoro doblemente el mundo interior;
tu mundo, donde la astucia, el odio, la duda,
y la fría sospecha nunca surgen;
donde tú, y yo y la Libertad,
tenemos soberanía indiscutible.

¿Qué importa que, a nuestro alrededor,
haya peligro, culpa y oscuridad,
si tan sólo en nuestro seno
albergamos un cielo brillante y sereno,
caldeado con una mezcla de diez mil rayos
de soles que no conocen días de invierno?

La razón, cierto es, a menudo puede quejarse
de la triste realidad de la Naturaleza
y decirle al atribulado corazón cuán fútiles
sus preciados sueños siempre deben ser;
y la Verdad puede pisotear con rudeza
las flores de la Imaginación, recién sopladas:

pero tú siempre estás allí para volver
a convocar la visión que por allí ronda y exhalar
nuevas glorias sobre la arruinada primavera,
y llamar a una Vida más encantadora de la Muerte,

And whisper, with a voice divine,
Of real worlds, as bright as thine.

I trust not to thy phantom bliss,
Yet, still, in evening's quiet hour,
With never-failing thankfulness,
I welcome thee, Benignant Power;
Sure solacer of human cares,
And sweeter hope, when hope despairs!

ELLIS

y susurrar, con una voz divina,
sobre mundos reales tan brillantes como el tuyo.

No me confío a tu felicidad espectral,
y sin embargo, en la tranquila hora de la noche,
con infalible agradecimiento,
te doy la bienvenida, Poder Benigno,
¡seguro solaz de preocupaciones humanas
y dulce esperanza cuando la esperanza desespera!

ELLIS

THE DOUBTER'S PRAYER

Eternal Power, of earth and air!
Unseen, yet seen in all around,
Remote, but dwelling everywhere,
Though silent, heard in every sound.

If e'er thine ear in mercy bent,
When wretched mortals cried to Thee,
And if, indeed, Thy Son was sent,
To save lost sinners such as me:

Then hear me now, while, kneeling here,
I lift to thee my heart and eye,
And all my soul ascends in prayer,
Oh, give me–give me Faith! I cry.

Without some glimmering in my heart,
I could not raise this fervent prayer;
But, oh! a stronger light impart,
And in Thy mercy fix it there.

While Faith is with me, I am blest;
It turns my darkest night to day;
But while I clasp it to my breast,
I often feel it slide away.

Then, cold and dark, my spirit sinks,
To see my light of life depart;
And every fiend of Hell, methinks,
Enjoys the anguish of my heart.

What shall I do, if all my love,
My hopes, my toil, are cast away,

LA ORACIÓN DEL ESCÉPTICO

¡Eterno Poder de la tierra y el aire!
Invisible, mas divisado por todas partes,
remoto, mas habita en todas partes,
silencioso, mas se escucha en cada sonido.

Si alguna vez prestas oído misericordioso
cuando los desdichados mortales elevan sus llantos a Ti,
y si, en efecto, Tu Hijo fue enviado
para salvar a los pecadores perdidos como yo:

Entonces escúchame ahora, mientras, aquí arrodillado,
elevo hasta ti mi corazón y mis ojos,
y toda mi alma asciende en plegaria,
«¡oh, dame... dame fe!» exclamo.

Sin cierta luz trémula en mi corazón
no podría elevar esta ferviente plegaria;
pero ¡oh! Una luz más potente imparte
y, en tu bondad, se aloja allí.

Mientras la Fe esté conmigo, estoy bendecido;
convierte mi noche más oscura en día;
pero, mientras la sujeto contra mi pecho,
a menudo la siento escabullirse.

Entonces, fría y oscura, mi alma se hunde
para ver partir mi luz de vida,
y paréceme que todos los demonios del Infierno
disfrutan de la angustia de mi corazón.

¿Qué debo hacer, si todo mi amor,
mis esperanzas, mi esfuerzo son desechados,

And if there be no God above,
To hear and bless me when I pray?

If this be vain delusion all,
If death be an eternal sleep,
And none can hear my secret call,
Or see the silent tears I weep!

Oh, help me, God! For thou alone
Canst my distracted soul relieve;
Forsake it not: it is thine own,
Though weak, yet longing to believe.

Oh, drive these cruel doubts away;
And make me know, that Thou art God!
A faith, that shines by night and day,
Will lighten every earthly load.

If I believe that Jesus died,
And, waking, rose to reign above;
Then surely Sorrow, Sin, and Pride,
Must yield to Peace, and Hope, and Love.

And all the blessed words He said
Will strength and holy joy impart:
A shield of safety o'er my head,
A spring of comfort in my heart.

ACTON

y si no hay un Dios en las alturas
para oírme y bendecirme cuando rezo?

¡Si todo esto es una vana ilusión,
si la muerte es un sueño eterno,
y nadie puede oír mi llamada secreta
o ver las silenciosas lágrimas que sollozo!

¡Oh, ayúdame, Dios! Pues sólo Tú
puedes aliviar mi alma perturbada.
No la abandones, pues tuya es ahora
y, aunque débil, ansía creer.

¡Oh, aleja estas crueles dudas
y hazme saber que Tú eres Dios!
Una fe que brilla de noche y de día
aligerará toda carga terrenal.

Si creo que Jesús murió
y despertó para elevarse al reino celestial,
entonces seguro que la Pena, el Pecado y el Orgullo
deben dar paso a la Paz, la Esperanza y el Amor.

Y todas las bendecidas palabras que Él dijo
concederán fortaleza y santa alegría:
un escudo de seguridad sobre mi cabeza,
una fuente de consuelo en mi corazón.

ACTON

PRESENTIMENT

"Sister, you've sat there all the day,
Come to the hearth awhile;
The wind so wildly sweeps away,
The clouds so darkly pile.
That open book has lain, unread,
For hours upon your knee;
You've never smiled nor turned your head
What can you, sister, see?"

"Come hither, Jane, look down the field;
How dense a mist creeps on!
The path, the hedge, are both concealed,
Ev'n the white gate is gone;
No landscape through the fog I trace,
No hill with pastures green;
All featureless is nature's face,
All masked in clouds her mien.

"Scarce is the rustle of a leaf
Heard in our garden now;
The year grows old, its days wax brief,
The tresses leave its brow.
The rain drives fast before the wind,
The sky is blank and grey;
O Jane, what sadness fills the mind
On such a dreary day!"

"You think too much, my sister dear;
You sit too long alone;
What though November days be drear?
Full soon will they be gone.
I've swept the hearth, and placed your chair,

PRESENTIMIENTO

«Hermana, llevas sentada ahí todo el día.
Ven a la chimenea un rato;
el viento sopla tan fuerte que aleja
las nubes que se apilan oscuras.
Ese libro abierto lleva horas,
sin leer, sobre tu regazo;
no has sonreído ni has girado la cabeza.
¿Qué estás mirando, hermana?».

«Ven aquí, Jane, mira hacia el campo.
¡Qué niebla tan densa se acerca con sigilo!
El sendero, el seto, todo está oculto,
incluso la blanca puerta ha desaparecido;
no puedo distinguir ningún paisaje entre la niebla,
ni colinas con pastos verdes;
sin rasgos aparece el rostro de la Naturaleza,
enmascarado entre nubes se haya su semblante.

Apenas el susurro de una hoja
se oye en nuestro jardín ahora;
el año envejece, sus días se tornan breves,
los mechones abandonan su frente.
La lluvia se acerca rápida delante del viento,
el cielo está vacío y gris;
¡oh, Jane, cuánta tristeza llena la mente
en un día tan deprimente!».

«Piensas demasiado, mi querida hermana;
te sientas sola demasiado rato;
¿y qué si los días de noviembre son tristes?
Muy pronto se habrán marchado.
He barrido el hogar y he colocado tu silla,

Come, Emma, sit by me;
Our own fireside is never drear,
Though late and wintry wane the year,
Though rough the night may be. "

"The peaceful glow of our fireside
Imparts no peace to me:
My thoughts would rather wander wide
Than rest, dear Jane, with thee.
I'm on a distant journey bound,
And if, about my heart,
Too closely kindred ties were bound,
'T would break when forced to part.

" 'Soon will November days be o'er:'
Well have you spoken, Jane:
My own forebodings tell me more,
For me, I know by presage sure,
They›ll ne›er return again.
Ere long, nor sun nor storm to me
Will bring or joy or gloom;
They reach not that Eternity
Which soon will be my home. "

Eight months are gone, the summer sun
Sets in a glorious sky;
A quiet field, all green and lone,
Receives its rosy dye.
Jane sits upon a shaded stile,
Alone she sits there now;
Her head rests on her hand the while,
And thought o'ercasts her brow.

She's thinking of one winter's day,
A few short months ago,
When Emma's bier was borne away
O'er wastes of frozen snow.
She's thinking how that drifted snow
Dissolved in spring's first gleam,
And how her sister's memory now
Fades, even as fades a dream.

vamos, Emma, siéntate junto a mí;
nuestra chimenea nunca es deprimente,
por mucho que el año decline tardío e invernal,
por muy dura que sea la noche».

«El sereno brillo de nuestro fuego
no me concede paz:
mis pensamientos prefieren vagar
antes que contigo, querida Jane, descansar.
Voy con destino a un lejano viaje
y si, alrededor de mi corazón,
se ataran demasiado fuerte lazos familiares,
se romperían al obligarlos a desatarse.

"Pronto los días de noviembre se habrán marchado":
lo has dicho muy bien, Jane.
Mis propios presentimientos me dicen más,
pues yo sé por presagio seguro
que ellos no volverán jamás.
En breve, ni el sol ni la tormenta
me proporcionarán gozo o tristeza;
no llegan a esa Eternidad
que pronto será mi hogar».

Ocho meses han pasado, el sol estival
se pone en un glorioso cielo;
un campo tranquilo, todo verde y solitario,
recibe su rosado color.
Jane se sienta a la sombra en los escalones,
sola se sienta allí ahora;
su cabeza descansa sobre su mano
mientras un pensamiento ensombrece su frente.

Ella está pensando en un día de invierno,
sólo unos meses antes,
cuando el féretro de Emma fue trasladado
sobre un páramo de nieve helada.
Está pensando en cómo esa nieve acumulada
se disolvió con los primeros rayos de la primavera,
y en cómo el recuerdo de su hermana ahora
se desvanece, se desvanece como un sueño.

The snow will whiten earth again,
But Emma comes no more;
She left, 'mid winter's sleet and rain,
This world for Heaven's far shore.
On Beulah's hills she wanders now,
On Eden's tranquil plain;
To her shall Jane hereafter go,
She ne'er shall come to Jane!

CURRER

La nieve volverá a blanquear la tierra,
pero Emma no volverá;
ella abandonó, en medio de la lluvia y el aguanieve del invierno,
este mundo para ir a la lejana orilla del Cielo.
Por las colinas de la tierra prometida vaga ahora,
sobre la tranquila planicie del Edén;
¡hacia ella irá Jane de ahora en adelante,
pues ella nunca vendrá a Jane!

CURRER

HOW CLEAR SHE SHINES

How clear she shines! How quietly
I lie beneath her guardian light;
While heaven and earth are whispering me,
"To morrow, wake, but, dream to-night."
Yes, Fancy, come, my Fairy love!
These throbbing temples softly kiss;
And bend my lonely couch above
And bring me rest, and bring me bliss.

The world is going; dark world, adieu!
Grim world, conceal thee till the day;
The heart, thou canst not all subdue,
Must still resist, if thou delay!

Thy love I will not, will not share;
Thy hatred only wakes a smile;
Thy griefs may wound–thy wrongs may tear,
But, oh, thy lies shall ne'er beguile!
While gazing on the stars that glow
Above me, in that stormless sea,
I long to hope that all the woe
Creation knows, is held in thee!

And, this shall be my dream to-night;
I'll think the heaven of glorious spheres
Is rolling on its course of light
In endless bliss, through endless years;
I'll think, there's not one world above,
Far as these straining eyes can see,
Where Wisdom ever laughed at Love,
Or Virtue crouched to Infamy;

¡QUÉ CLARA BRILLA!

¡Qué clara brilla! Qué silenciosa
me tumbo bajo su luz guardiana,
mientras el cielo y la tierra me susurran,
«mañana despierta, pero sueña esta noche».
¡Sí, Imaginación, ven, mi Duende amor!
Besa suavemente estas palpitantes sienes,
y levita sobre mi solitario diván
para traerme descanso y traerme felicidad.

El mundo se va; ¡oscuro mundo, adiós!
¡Lúgubre mundo, ocúltate hasta el nuevo día;
el corazón, que no puedes subyugar,
debe seguir resistiendo si te retrasas!

No, tu amor no compartiré;
tu odio sólo despierta una sonrisa;
tus penas pueden herir, tus errores pueden desgarrar,
pero ¡oh, tus mentiras nunca me embaucarán!
Mientras contemplo las estrellas que relucen
sobre mí en ese mar sin tormentas,
¡ansío esperar que toda la miseria
que la Creación conoce quede contenida en ti!

Y este será mi sueño esta noche:
pensaré que el cielo de gloriosas esferas
está girando en su trayecto de luz
con infinito gozo, por infinitos años;
pensaré que no hay un mundo arriba,
más allá de lo que estos esforzados ojos pueden ver,
donde la Sabiduría se rio alguna vez del Amor,
o la Virtud se inclinó ante la Infamia;

Where, writhing 'neath the strokes of Fate,
The mangled wretch was forced to smile;
To match his patience 'gainst her hate,
His heart rebellious all the while.
Where Pleasure still will lead to wrong,
And helpless Reason warn in vain;
And Truth is weak, and Treachery strong;
And Joy the surest path to Pain;
And Peace, the lethargy of Grief;
And Hope, a phantom of the soul;
And Life, a labour, void and brief;
And Death, the despot of the whole!

ELLIS

donde, retorciéndose bajo los golpes del Destino,
el mutilado desdichado se vio obligado a sonreír
para igualar su paciencia contra su odio,
su corazón rebelde mientras tanto.
¡Donde el Placer aún llevará a error,
y la inútil Razón advierte en vano,
y la Verdad es débil y la Traición fuerte,
y la Alegría es el camino más cierto hacia el Dolor,
y la Paz es el letargo de la Pena,
y la Esperanza es un fantasma del alma,
y la Vida un esfuerzo vacío y breve,
y la Muerte, la déspota de todo!

ELLIS

A WORD TO THE "ELECT"

You may rejoice to think yourselves *secure;*
You may be grateful for the gift divine–
That grace unsought, which made your black hearts pure,
And fits your earth-born souls in Heaven to shine.

But, is it sweet to look around, and view
Thousands excluded from that happiness
Which they deserved, at least, as much as you,–
Their faults not greater, nor their virtues less?

And, wherefore should you love your God the more,
Because to you alone his smiles are given;
Because he chose to pass the many *o'er,*
And only bring the favoured few *to Heaven?*

And, wherefore should your hearts more grateful prove,
Because for ALL the Saviour did not die?
Is yours the God of justice and of love?
And are your bosoms warm with charity?

Say, does your heart expand to all mankind?
And, would you ever to your neighbour do–
The weak, the strong, the enlightened, and the blind–
As you would have your neighbour do to you?

And, when you, looking on your fellow-men,
Behold them doomed to endless misery,
How can you talk of joy and rapture then?–
May God withhold such cruel joy from me!

That none deserve eternal bliss I know;
Unmerited the grace in mercy given:

UNA PALABRA PARA LOS «ELEGIDOS»

Podéis regocijaros al creer que estáis seguros;
podéis sentiros agradecidos por el regalo divino,
esa gracia no buscada que purificó vuestros corazones negros
y dispone vuestras almas nacidas en la tierra para que brillen en el Cielo.

Pero ¿es dulce mirar alrededor y ver
a miles excluidos de esa felicidad
que se merecían, al menos, tanto como vosotros?
¿Sus faltas no son mayores, ni sus virtudes menores?

¿Y por qué debéis amar a vuestro Dios más,
porque sólo os concede a vosotros sus sonrisas,
porque escogió dejar de lado a muchos
y sólo llevar a unos pocos favorecidos al Cielo?

¿Y por qué deberían demostrar ser más agradecidos vuestros corazones,
porque el Salvador no murió por todos?
¿Es vuestro el Dios de la justicia y del amor?
¿Y están vuestros pechos henchidos de caridad?

¿Es que vuestros corazones se expanden a toda la humanidad?
¿Y alguna vez obraríais contra vuestro vecino,
el débil, el fuerte, el iluminado y el ciego,
como querríais que vuestro vecino obrara contra vosotros?

Y cuando vosotros, mirando a vuestros semejantes,
los consideráis condenados a una desgracia sin fin,
¿cómo podéis hablar de gozo y éxtasis entonces?
¡Qué Dios aleje tal cruel gozo de mí!

Sé que nadie merece la felicidad eterna,
inmerecida la gracia concedida en misericordia,

203

But, none shall sink to everlasting woe,
That have not well deserved the wrath of Heaven.

And, oh! there lives within my heart
A hope, long nursed by me;
(And, should its cheering ray depart,
How dark my soul would be!)

That as in Adam all have died,
In Christ shall all men live;
And ever round his throne abide,
Eternal praise to give.

That even the wicked shall at last
Be fitted for the skies;
And, when their dreadful doom is past,
To life and light arise.

I ask not, how remote the day,
Nor what the sinners' woe,
Before their dross is purged away;
Enough for me, to know

That when the cup of wrath is drained,
The metal purified,
They'll cling to what they once disdained,
And live by Him that died.

ACTON

pero nadie se hundirá en aflicción eterna
que no se haya bien merecido la ira del Cielo.

Y, ¡oh! Ahí vive dentro de mi corazón
una esperanza, cuidada desde hace mucho por mí,
(¡y, si su alentador rayo se marchara,
qué oscura quedaría mi alma!)

Pues igual que en Adán todos han muerto,
en Cristo todos los hombres vivirán,
y siempre alrededor de su trono quedarán
para alabanza eterna entregar.

Pues incluso los malvados, al final,
serán adecuados para los cielos,
y, cuando su horrible ruina pase,
a la vida y la luz despertarán.

No pregunto cuán remoto queda el día,
ni cuáles son las aflicciones de los pecadores,
antes de que su escoria quede purgada;
me resulta suficiente saber

que cuando la copa de la ira se vacíe,
el metal purificado,
todos se aferrarán a lo que una vez desdeñaron
y vivirán por Aquel que murió.

ACTON

THE TEACHER'S MONOLOGUE

The room is quiet, thoughts alone
People its mute tranquillity;
The yoke put on, the long task done,–
I am, as it is bliss to be,
Still and untroubled. Now, I see,
For the first time, how soft the day
O'er waveless water, stirless tree,
Silent and sunny, wings its way.
Now, as I watch that distant hill,
So faint, so blue, so far removed,
Sweet dreams of home my heart may fill,
That home where I am known and loved:
It lies beyond; yon azure brow
Parts me from all Earth holds for me;
And, morn and eve, my yearnings flow
Thitherward tending, changelessly.
My happiest hours, aye! all the time,
I love to keep in memory,
Lapsed among moors, ere life's first prime
Decayed to dark anxiety.

Sometimes, I think a narrow heart
Makes me thus mourn those far away,
And keeps my love so far apart
From friends and friendships of to-day;
Sometimes, I think 'tis but a dream
I measure up so jealously,
All the sweet thoughts I live on seem
To vanish into vacancy:
And then, this strange, coarse world around
Seems all that's palpable and true;
And every sight, and every sound,

EL MONÓLOGO DE LA MAESTRA

La sala está silenciosa, sólo pensamientos
pueblan su muda tranquilidad;
del yugo me he librado, la larga tarea realizada,
me siento, y es una bendición sentirlo,
tranquila y despreocupada. Ahora veo
por primera vez cuán suave el día,
sobre el agua sin olas, los inmóviles árboles,
silencioso y soleado, se abre camino.
Ahora, mientras observo esa lejana colina,
tan débil, tan azul, tan aislada,
dulces sueños del hogar pueden llenar mi corazón,
ese hogar donde se me conoce y se me quiere:
está al otro lado; esa cima azul
me separa de todo lo que la Tierra alberga para mí
y, mañana y noche, mis anhelos fluyen
acullá, inmutables.
Mis horas más felices, ¡ay! Todo el tiempo,
me encanta guardarlo en mi memoria,
pasado entre páramos, antes de que la primera plenitud
de la vida sucumbiera a la oscura ansiedad.

A veces creo que un limitado corazón
me hace penar así por aquellos que están lejos
y mantiene mi amor tan alejado
de los amigos y las amistades de hoy;
a veces creo que no es más que un sueño
que atesoro muy celosamente,
todos los dulces pensamientos que perduran
parecen desvanecerse en la vacuidad:
y entonces, este mundo extraño y rudo que nos rodea
se parece a todo lo que es palpable y verdadero,
y cada visión, y cada sonido,

Combines my spirit to subdue
To aching grief, so void and lone
Is Life and Earth–so worse than vain,
The hopes that, in my own heart sown,
And cherished by such sun and rain
As Joy and transient Sorrow shed,
Have ripened to a harvest there:
Alas! methinks I hear it said,
"Thy golden sheaves are empty air."

All fades away; my very home
I think will soon be desolate;
I hear, at times, a warning come
Of bitter partings at its gate;
And, if I should return and see
The hearth-fire quenched, the vacant chair;
And hear it whispered mournfully,
That farewells have been spoken there,
What shall I do, and whither turn?
Where look for peace? When cease to mourn?

'Tis not the air I wished to play,
The strain I wished to sing;
My wilful spirit slipped away
And struck another string.
I neither wanted smile nor tear,
Bright joy nor bitter woe,
But just a song that sweet and clear,
Though haply sad, might flow.

A quiet song, to solace me
When sleep refused to come;
A strain to chase despondency,
When sorrowful for home.
In vain I try; I cannot sing;
All feels so cold and dead;
No wild distress, no gushing spring
Of tears in anguish shed;

But all the impatient gloom of one
Who waits a distant day,
When, some great task of suffering done,

combina mi alma para dominar
la dolorosa pena, tan vacía y solitaria
son la Vida y la Tierra, mucho peor que vanas,
las esperanzas que sembré en mi propio corazón
y aprecié con tal sol y lluvia
como la Alegría y la transitoria Pena derramaban,
ha madurado para recolectarlas allí:
¡ay! Paréceme que le oigo decir,
«tus gavillas doradas son aire vacío».

Todo se desvanece; mi propio hogar
creo que pronto se verá desolado;
oigo, a veces, una advertencia llegar
de amargas despedidas en su puerta;
y, si pudiera regresar a ver
la apagada chimenea, la silla vacía,
y oírlas susurradas con tristeza,
esas despedidas que se han pronunciado allí,
¿qué haría y a dónde me volvería?
¿Dónde buscar paz? ¿Cuándo dejar de penar?

Esta no es la melodía que deseaba tocar,
el compás que deseaba cantar;
mi obstinada alma se escabulló
y otra cuerda rasgueó.
No quería sonrisas ni lágrimas,
brillante gozo ni amarga pena,
sino sólo una canción que dulce y clara,
aunque triste por azar, fluyera.

Una tranquila canción para consolarme
cuando el sueño se negaba a venir;
un compás para alejar al desánimo,
cuando añoro afligida mi hogar.
En vano lo intento; no puedo cantar;
todo me resulta frío y muerto;
no es alocada aflicción, ni una chorreante fuente
de lágrimas derramadas por angustia;

sino toda la impaciente tristeza de alguien
que espera un día distante,
cuando, al terminar una gran tarea de sufrimiento,

Repose shall toil repay.
For youth departs, and pleasure flies,
And life consumes away,
And youth's rejoicing ardour dies
Beneath this drear delay;

And Patience, weary with her yoke,
Is yielding to despair,
And Health's elastic spring is broke
Beneath the strain of care.
Life will be gone ere I have lived;
Where now is Life's first prime?
I've worked and studied, longed and grieved,
Through all that rosy time.

To toil, to think, to long, to grieve,–
Is such my future fate?
The morn was dreary, must the eve
Be also desolate?
Well, such a life at least makes Death
A welcome, wished-for friend;
Then, aid me, Reason, Patience, Faith,
To suffer to the end!

CURRER

el reposo recompense al duro esfuerzo.
Pues la juventud se marcha y el placer vuela,
y la vida se consume,
y el alegre ardor de la juventud muere
bajo este deprimente retraso;

y la Paciencia, agotada por su yugo,
está cediendo ante la desesperación,
y el muelle elástico de la Salud está roto
bajo el esfuerzo del cuidado.
La vida se habrá ido antes de haber vivido;
¿dónde está ahora la primera plenitud de la Vida?
He trabajado y estudiado, ansiado y penado,
durante toda esa prometedora época.

Esforzarse, pensar, anhelar, afligirse...
¿Es tal mi destino futuro?
La mañana fue deprimente, ¿debe la noche
estar desolada también?
Bien, tal vida, al menos, convierte a la Muerte
en una amiga bienvenida y ansiada;
entonces, ¡ayudadme, Razón, Paciencia, Fe,
a sufrir hasta el final!

CURRER

SYMPATHY

There should be no despair for you
While nightly stars are burning;
While evening pours its silent dew
And sunshine gilds the morning.
There should be no despair–though tears
May flow down like a river:
Are not the best beloved of years
Around your heart for ever?

They weep, you weep, it must be so;
Winds sigh as you are sighing,
And Winter sheds his grief in snow
Where Autumn's leaves are lying:
Yet, these revive, and from their fate
Your fate cannot be parted:
Then, journey on, if not elate,
Still, never broken-hearted!

ELLIS

COMPASIÓN

No debería haber desesperación para ti
mientras arden las estrellas nocturnas;
mientras la noche vierte su silencioso rocío
y la luz del sol cubre de oro la mañana.
No debería haber desesperación, aunque las lágrimas
puedan fluir como un río:
¿no están los más queridos de años
por siempre alrededor de tu corazón?

Ellos sollozan, tú sollozas, debe ser así;
los vientos suspiran como tú suspiras,
y el invierno proyecta su pena en la nieve
donde las hojas del otoño yacen:
pero estas reviven y, de su destino,
tu destino no puede separarse:
¡entonces, sigue viajando, si no alegre,
nunca con el corazón roto!

ELLIS

PAST DAYS

'Tis strange to think, there was a time
When mirth was not an empty name,
When laughter really cheered the heart,
And frequent smiles unbidden came,
And tears of grief would only flow
In sympathy for others' woe;

When speech expressed the inward thought,
And heart to kindred heart was bare,
And Summer days were far too short
For all the pleasures crowded there,
And silence, solitude, and rest,
Now welcome to the weary breast—

Were all unprized, uncourted then—
And all the joy one spirit showed,
The other deeply felt again;
And friendship like a river flowed,
Constant and strong its silent course,
For nought withstood its gentle force:

When night, the holy time of peace,
Was dreaded as the parting hour;
When speech and mirth at once must cease,
And Silence must resume her power;
Though ever free from pains and woes,
She only brought us calm repose.

And when the blessed dawn again
Brought daylight to the blushing skies,
We woke, and not reluctant then,
To joyless labour did we rise;
But full of hope, and glad and gay,
We welcomed the returning day.

ACTON

DÍAS PASADOS

Es extraño pensar que hubo un tiempo
en el que el júbilo no era un nombre vacío,
cuando la risa alegraba de verdad el corazón,
y frecuentes sonrisas surgían espontáneas,
y lágrimas de pena sólo fluían
en compasión por desgracias ajenas;

cuando el habla expresaba las ideas internas,
y el corazón se desnudaba ante un alma gemela,
y los días del estío eran demasiado cortos
para todos los placeres que se acumulaban allí,
y el silencio, la soledad, el descanso,
ahora bienvenidos para el agotado corazón,

donde todo lo no preciado, lo no cortejado entonces,
y toda la alegría de un espíritu mostraba
que el otro volvía a sentir profundamente;
y la amistad como un río fluía,
constante y fuerte su silencioso recorrido,
pues nada se resistía a su gentil potencia:

cuando la noche, el sagrado momento de paz,
era temida como la hora de la partida;
cuando el habla y la risa de inmediato debía cesar,
y el Silencio debía su poder retomar;
aunque nunca libre de dolores y lamentos,
ella sólo nos traía calma y reposo.

Y cuando el bendito alba de nuevo
traía la luz del día a los sonrojados cielos,
despertábamos, y no reacios entonces,
al trabajo sin gozo al que nos alzábamos,
pero llenos de esperanza, y alegría y contento,
dábamos la bienvenida al día que vuelve.

ACTON

PASSION

Some have won a wild delight,
By daring wilder sorrow;
Could I gain thy love to-night,
I'd hazard death to-morrow.

Could the battle-struggle earn
One kind glance from thine eye,
How this withering heart would burn,
The heady fight to try!

Welcome nights of broken sleep,
And days of carnage cold,
Could I deem that thou wouldst weep
To hear my perils told.

Tell me, if with wandering bands
I roam full far away,
Wilt thou, to those distant lands,
In spirit ever stray?

Wild, long, a trumpet sounds afar;
Bid me—bid me go
Where Seik and Briton meet in war,
On Indian Sutlej's flow.

Blood has dyed the Sutlej's waves
With scarlet stain, I know;
Indus' borders yawn with graves,
Yet, command me go!

Though rank and high the holocaust
Of nations, steams to heaven,

PASIÓN

Algunos han ganado un loco placer
al atreverse con una pena aún más loca;
si pudiera ganarme tu amor esta noche,
me arriesgaría a la muerte mañana.

Si la lucha en la batalla pudiera ganarme
una amable mirada de tus ojos,
¡cómo ardería este marchito corazón
al enfrentarse a la emocionante lucha!

Bienvenidas noches de interrumpido sueño
y días de fría carnicería,
ojalá pudiera imaginar que llorarías
al oírme contar mis peligros.

Dime, si con grupos errantes
vago muy lejos,
a esas tierras lejanas,
¿te atreverías a ir en espíritu?

Salvaje, larga, una trompeta suena lejos;
hazme... hazme ir donde los Sij
y los británicos están en guerra
en la corriente del indio Satlush.

La sangre ha teñido las olas del Satlush
con manchas escarlatas, lo sé;
las orillas del Indo bostezan con tumbas,
¡pero ordéname que vaya!

Aunque sea alto y prestigioso el holocausto
de naciones, humea hasta el cielo,

Glad I'd join the death-doomed host,
Were but the mandate given.

Passion's strength should nerve my arm,
Its ardour stir my life,
Till human force to that dread charm
Should yield and sink in wild alarm,
Like trees to tempest-strife.

If, hot from war, I seek thy love,
Darest thou turn aside?
Darest thou, then, my fire reprove,
By scorn, and maddening pride?

No—my will shall yet control
Thy will, so high and free,
And love shall tame that haughty soul—
Yes—tenderest love for me.

I'll read my triumph in thine eyes,
Behold, and prove the change;
Then leave, perchance, my noble prize,
Once more in arms to range.

I'd die when all the foam is up,
The bright wine sparkling high;
Nor wait till in the exhausted cup
Life's dull dregs only lie.

Then Love thus crowned with sweet reward,
Hope blest with fulness large,
I'd mount the saddle, draw the sword,
And perish in the charge!

CURRER

me alegraría unirme a las huestes condenadas a morir,
si me dieras el mandato.

La fuerza de la pasión debería vigorizar mi brazo,
su ardor remover mi vida,
hasta que la fuerza humana, a ese temido encanto,
ceda y se hunda en salvaje alarma
como árboles azotados por la tempestad.

Si, ardiente por la guerra, busco tu amor,
¿te atreverías a apartar la mirada?
¿Te atreverías, entonces, a reprobar mi ardor
con desprecio y exasperante orgullo?

No. Mi voluntad controlará
a tu voluntad, tan alta y libre,
y el amor domará esa altiva alma.
Sí. El amor más tierno para mí.

Leeré mi triunfo en tus ojos,
miraré y aprobaré el cambio;
y entonces, por ventura, mi noble premio,
me marcharé una vez más a batallar.

Moriría cuando toda la espuma se haya levantado,
con el refulgente vino brillando;
y no esperaría hasta que en la copa vacía
sólo quedasen los posos apagados de la vida.

Entonces, el Amor así coronado con dulce recompensa,
la Esperanza bendecida con gran plenitud,
¡subiría a la montura, desenvainaría la espada
y perecería en el ataque!

CURRER

PREFERENCE

Not in scorn do I reprove thee,
Not in pride thy vows I waive,
But, believe, I could not love thee,
Wert thou prince, and I a slave.
These, then, are thine oaths of passion?
This, thy tenderness for me?
Judged, even, by thine own confession,
Thou art steeped in perfidy.
Having vanquished, thou wouldst leave me!
Thus I read thee long ago;
Therefore, dared I not deceive thee,
Even with friendship's gentle show.
Therefore, with impassive coldness
Have I ever met thy gaze;
Though, full oft, with daring boldness,
Thou thine eyes to mine didst raise.
Why that smile? Thou now art deeming
This my coldness all untrue,—
But a mask of frozen seeming,
Hiding secret fires from view.
Touch my hand, thou self-deceiver,
Nay—be calm, for I am so:
Does it burn? Does my lip quiver?
Has mine eye a troubled glow?
Canst thou call a moment's colour
To my forehead—to my cheek?
Canst thou tinge their tranquil pallor
With one flattering, feverish streak?
Am I marble? What! no woman
Could so calm before thee stand?
Nothing living, sentient, human,
Could so coldly take thy hand?
Yes—a sister might, a mother:

PREFERENCIA

No te critico con desprecio,
ni de tus votos desisto por orgullo,
mas creo que no podría amarte
si fueras un príncipe y yo una esclava.
¿Estos son, pues, tus juramentos de pasión?
¿Esta tu ternura hacia mí?
Juzgado incluso por tu propia confesión,
te ves empapado de perfidia.
¡Habiendo vencido, me abandonarías!
Así te leí hace mucho tiempo;
por lo tanto, no me atreví a engañarte,
ni siquiera con una gentil muestra de amistad.
Por lo tanto, con impasible frialdad
siempre me he encontrado con tu mirada,
aunque, a menudo llenos de una atrevida osadía,
tú levantabas tus ojos para mirar los míos.
¿Por qué esa sonrisa? Ahora consideras
que mi frialdad es toda falsa,
pero al parecer una máscara helada
oculta fuegos secretos a la vista.
Toca mi mano, tú que te engañas a ti mismo;
no, ten calma, pues yo estoy calmada:
¿quema? ¿Tiemblan mis labios?
¿Poseen mis ojos un perturbado brillo?
¿Puedes conjurar un instante de color
a mi frente, a mis mejillas?
¿Puedes teñir tu tranquila palidez
con una mancha favorecedora y febril?
¿Soy de mármol? ¡Cómo! ¿Ninguna mujer
podría estar tan en calma frente a ti?
¿Ningún ser vivo, consciente, humano
podría tomar tu mano con tanta frialdad?
Sí, una hermana podría, una madre;

My good-will is sisterly:
Dream not, then, I strive to smother
Fires that inly burn for thee.
Rave not, rage not, wrath is fruitless,
Fury cannot change my mind;
I but deem the feeling rootless
Which so whirls in passion's wind.
Can I love? Oh, deeply–truly–
Warmly–fondly–but not thee;
And my love is answered duly,
With an equal energy.
Wouldst thou see thy rival? Hasten,
Draw that curtain soft aside,
Look where yon thick branches chasten
Noon, with shades of eventide.
In that glade, where foliage blending
Forms a green arch overhead,
Sits thy rival thoughtful bending
O'er a stand with papers spread–
Motionless, his fingers plying
That untired, unresting pen;
Time and tide unnoticed flying,
There he sits–the first of men!
Man of conscience–man of reason;
Stern, perchance, but ever just;
Foe to falsehood, wrong, and treason,
Honour's shield, and virtue's trust!
Worker, thinker, firm defender
Of Heaven's truth–man's liberty;
Soul of iron–proof to slander,
Rock where founders tyranny.
Fame he seeks not–but full surely
She will seek him, in his home;
This I know, and wait securely
For the atoning hour to come.
To that man my faith is given,
Therefore, soldier, cease to sue;
While God reigns in earth and heaven,
I to him will still be true!

CURRER

mi buena voluntad es como de hermana:
no sueñes entonces que me esfuerzo por apagar
fuegos que arden dentro por ti.
No despotriques, no te enfurezcas, la ira es inútil,
la furia no puede cambiar mi parecer;
más bien considero que el sentimiento que
gira en el viento de la pasión está desarraigado.
¿Puedo amar? Oh, profunda y sinceramente,
con franqueza, con cariño, pero no a ti;
y mi amor es respondido debidamente
con igual energía.
¿Te gustaría ver a tu rival? Deprisa,
aparta con suavidad esa cortina,
mira donde las gruesas ramas de allá castigan
el mediodía con sombras del anochecer.
En ese calvero, donde el mezclado follaje
forma un verde arco elevado,
se sienta tu rival, inclinado pensativo
sobre un estrado con papeles desplegados;
inmóvil, sus dedos trabajan
esa incansable e inquieta pluma;
el tiempo y la marea pasan inadvertidos,
ahí está sentado... ¡el primero de los hombres!
¡Hombre de conciencia, hombre de razón,
severo, por ventura, pero siempre justo,
enemigo de la falacia, la injusticia y la traición,
escudo del honor y custodio de la virtud!
Trabajador, pensador, firme defensor
de la verdad celestial: la libertad del hombre;
voluntad de hierro, a prueba de calumnias,
roca donde falla la tiranía.
La fama no busca, pero de seguro
que ella lo buscará a él en su hogar;
esto lo sé, y espero firmemente
a que llegue la hora de la expiación.
A ese hombre le entrego mi fe,
por lo tanto, soldado, desiste en tu cortejo;
¡mientras Dios reine sobre la tierra y el cielo,
yo le seguiré siendo fiel a él!

CURRER

PLEAD FOR ME

Oh, thy bright eyes must answer now,
When Reason, with a scornful brow,
Is mocking at my overthrow!
Oh, thy sweet tongue must plead for me
And tell, why I have chosen thee!

Stern Reason is to judgment come,
Arrayed in all her forms of gloom:
Wilt thou, my advocate, be dumb?
No, radiant angel, speak and say,
Why I did cast the world away.

Why I have persevered to shun
The common paths that others run,
And on a strange road journeyed on,
Heedless, alike, of wealth and power–
Of glory's wreath and pleasure's flower.

These, once, indeed, seemed Beings Divine;
And they, perchance, heard vows of mine,
And saw my offerings on their shrine;
But, careless gifts are seldom prized,
And mine were worthily despised.

So, with a ready heart I swore
To seek their altar-stone no more;
And gave my spirit to adore
Thee, ever-present, phantom thing;
My slave, my comrade, and my king,

A slave, because I rule thee still;
Incline thee to my changeful will,

INTERCEDE POR MÍ

¡Oh, tus brillantes ojos deben responder ahora,
cuando la Razón, con ceño despectivo,
se está burlando de mi derrocamiento!
¡Oh, tu dulce lengua debe interceder por mí
y contar por qué te he elegido a ti!

La severa Razón va a impartir su juicio,
engalanada en todas sus formas de melancolía:
¿te quedarás mudo, defensor mío?
No, ángel radiante, habla y di
por qué rechacé el mundo.

Por qué he perseverado para evitar
los senderos comunes que otros recorren,
y he emprendido viaje por un extraño camino,
ignorando de igual modo riqueza y poder,
la corona de gloria y la flor del placer.

Estos, en verdad, antaño parecían Seres Divinos;
y por ventura oyeron mis votos,
y vieron mis ofrendas en su altar;
mas los dones descuidados rara vez son apreciados,
y los míos fueron dignamente despreciados.

Entonces, con corazón presto juré
dejar de buscar su altar de piedra,
y entregué mi alma a adorarte,
a ti, siempre presente, objeto fantasmal,
mi esclavo, mi camarada y mi rey,

un esclavo, porque sigo gobernándote,
te predispongo a mi cambiante voluntad,

And make thy influence good or ill:
A comrade, for by day and night
Thou art my intimate delight,–

My darling pain that wounds and sears
And wrings a blessing out from tears
By deadening me to earthly cares;
And yet, a king, though Prudence well
Have taught thy subject to rebel.

And am I wrong to worship, where
Faith cannot doubt, nor hope despair,
Since my own soul can grant my prayer?
Speak, God of visions, plead for me,
And tell why I have chosen thee!

ELLIS

y te influyo para bien o para mal:
un camarada, pues de día y de noche
tú eres mi íntimo placer,

mi querido dolor que hiere y abrasa
y arranca una bendición de las lágrimas
al insensibilizarme a las preocupaciones terrenales;
y, aun así, un rey, aunque la Prudencia bien
ha enseñado a su súbdito a rebelarse.

¿Y me equivoco al adorar,
donde la fe no puede dudar, ni la esperanza desesperar,
pues mi propia alma puede conceder mi oración?
¡Habla, Dios de las visiones, intercede por mí,
y dime por qué te he elegido a ti!

ELLIS

THE CONSOLATION

Though bleak these woods, and damp the ground
With fallen leaves so thickly strown,
And cold the wind that wanders round
With wild and melancholy moan;

There is a friendly roof, I know,
Might shield me from the wintry blast;
There is a fire, whose ruddy glow
Will cheer me for my wanderings past.

And so, though still, where'er I go,
Cold stranger-glances meet my eye;
Though, when my spirit sinks in woe,
Unheeded swells the unbidden sigh;

Though solitude, endured too long,
Bids youthful joys too soon decay,
Makes mirth a stranger to my tongue,
And overclouds my noon of day;

When kindly thoughts, that would have way,
Flow back discouraged to my breast;–
I know there is, though far away,
A home where heart and soul may rest.

Warm hands are there, that, clasped in mine,
The warmer heart will not belie;
While mirth, and truth, and friendship shine
In smiling lip and earnest eye.

The ice that gathers round my heart
May there be thawed; and sweetly, then,

EL CONSUELO

Aunque lúgubre sea este bosque y húmedo el suelo
con hojas caídas que forman una gruesa capa,
y frío el viento que vaga
con salvaje y melancólico gemido;

hay un techo amigo, lo sé,
que podría resguardarme de la ráfaga invernal;
hay un fuego, cuyo rojizo fulgor
me animará por mis andanzas de antaño.

Y así, aunque aún, donde quiera que vaya,
frías miradas extrañas tropezarán con mi mirada;
aunque, cuando mi alma se hunde afligida,
ignorado surge el espontáneo suspiro;

aunque la soledad, soportada por demasiado tiempo,
exige que las alegrías juveniles decaigan demasiado pronto,
hace que la alegría sea una extraña en mi lengua
y eclipsa el mediodía de mi día;

cuando amables pensamientos, que quisieran abrirse camino,
fluyen desanimados de vuelta a mi pecho;
sé que hay, aunque lejos,
un hogar donde el corazón y el alma pueden descansar.

Hay cálidas manos que, aferradas a las mías,
al más cálido corazón no contradecirán,
mientras la alegría, la verdad y la amistad brillen
en sonrientes labios y honestos ojos.

El hielo que se acumula alrededor de mi corazón
puede haberse descongelado y, dulcemente, entonces,

The joys of youth, that now depart,
Will come to cheer my soul again.

Though far I roam, that thought shall be
My hope, my comfort, everywhere;
While such a home remains to me,
My heart shall never know despair!

ACTON

las alegrías de la juventud, que ahora se marchan,
volverán para animar mi alma.

Aunque lejos vague, ese pensamiento será
en todas partes, mi consuelo y mi esperanza;
mientras tal hogar permanezca en mí,
¡mi corazón nunca conocerá la desesperanza!

Acton

EVENING SOLACE

The human heart has hidden treasures,
In secret kept, in silence sealed;–
The thoughts, the hopes, the dreams, the pleasures,
Whose charms were broken if revealed.
And days may pass in gay confusion,
And nights in rosy riot fly,
While, lost in Fame's or Wealth's illusion,
The memory of the Past may die.

But, there are hours of lonely musing,
Such as in evening silence come,
When, soft as birds their pinions closing,
The heart's best feelings gather home.
Then in our souls there seems to languish
A tender grief that is not woe;
And thoughts that once wrung groans of anguish,
Now cause but some mild tears to flow.

And feelings, once as strong as passions,
Float softly back–a faded dream;
Our own sharp griefs and wild sensations,
The tale of others' sufferings seem.
Oh! when the heart is freshly bleeding,
How longs it for that time to be,
When, through the mist of years receding,
Its woes but live in reverie!

And it can dwell on moonlight glimmer,
On evening shade and loneliness;
And, while the sky grows dim and dimmer,
Feel no untold and strange distress–
Only a deeper impulse given
By lonely hour and darkened room,
To solemn thoughts that soar to heaven,
Seeking a life and world to come.

CURRER

SOLAZ VESPERTINO

El corazón humano contiene tesoros ocultos,
mantenidos en secreto, sellados en silencio;
los pensamientos, las esperanzas, los sueños, los placeres,
cuyos encantos se romperían si fueran revelados.
Y días pueden pasar en alegre confusión,
y noches pueden volar en optimista motín,
mientras, perdido en la ilusión de la Fama o la Riqueza,
el recuerdo del Pasado puede morir.

Pero hay horas de silenciosa meditación,
como cuando llega el silencio de la noche,
cuando, suaves como pájaros que cierran sus alas,
los mejores sentimientos del corazón se reúnen en el hogar.
Entonces, en nuestras almas, parece que languidece
una tierna pena que no es congoja,
y pensamientos que una vez provocaron gruñidos de angustia,
ahora sólo provocan que fluyan leves lágrimas.

Y sentimientos, antaño tan fuertes como pasiones,
vuelven flotando suavemente, como un sueño desvanecido;
nuestras propias penas agudas y sensaciones salvajes,
parecen el relato de sufrimientos ajenos.
¡Oh! ¡Cuando el corazón sangra de nuevo,
cuánto anhela ese momento,
cuando, tras la niebla de los años que se alejan,
sus penas sólo viven en las ensoñaciones!

Y puede morar en el brillo de la luz de la luna,
en la sombra y la soledad de la noche,
y, mientras el cielo se vuelve cada vez más tenue,
no siente ninguna angustia extraña e inefable,
sólo un impulso más profundo concedido
por la solitaria hora y la oscurecida alcoba
a pensamientos solemnes que se elevan hasta el cielo,
en busca de una vida y un mundo venideros.

CURRER

SELF-INTERROGATION

"The evening passes fast away,
'Tis almost time to rest;
What thoughts has left the vanished day,
What feelings, in thy breast?

"The vanished day? It leaves a sense
Of labour hardly done;
Of little, gained with vast expense,–
A sense of grief alone!

"Time stands before the door of Death,
Upbraiding bitterly;
And Conscience, with exhaustless breath,
Pours black reproach on me:

"And though I've said that Conscience lies,
And Time should Fate condemn;
Still, sad Repentance clouds my eyes,
And makes me yield to them!

"Then art thou glad to seek repose?
Art glad to leave the sea,
And anchor all thy weary woes
In calm Eternity?

" Nothing regrets to see thee go–
Not one voice sobs 'farewell,'
And where thy heart has suffered so,
Canst thou desire to dwell? "

"Alas! The countless links are strong
That bind us to our clay;

AUTOINTERROGATORIO

La tarde pasa rápidamente,
ya casi es hora de descansar;
¿qué pensamientos ha dejado el desaparecido día,
qué sentimientos en tu pecho?

¿El desaparecido día? Deja una sensación
de trabajo apenas completado,
de poco, ganado con amplia pérdida,
¡sólo una sensación de pena!

El Tiempo se sitúa ante la puerta de la Muerte,
regañando amargamente,
y la Conciencia, con inagotable aliento,
vierte su negro reproche sobre mí:

Y aunque he dicho que la Conciencia miente
y que el Tiempo debería condenar al Destino,
¡aun así un triste Arrepentimiento nubla mis ojos
y me obliga a ceder ante ellos!

Entonces, ¿te alegras de buscar el reposo?
¿Te alegras de abandonar el mar
y anclar todas tus cansadas congojas
en la tranquila Eternidad?

Nada lamenta verte partir,
ninguna voz solloza «adiós»,
y donde tu corazón ha sufrido tanto,
¿puedes desear vivir?

¡Ay! Los innumerables vínculos son fuertes
y nos amarran a nuestra arcilla;

The loving spirit lingers long,
And would not pass away!

"And rest is sweet, when laurelled fame
Will crown the soldier's crest;
But, a brave heart, with a tarnished name,
Would rather fight than rest."

"Well, thou hast fought for many a year,
Hast fought thy whole life through,
Hast humbled Falsehood, trampled Fear;
What is there left to do?"

"'Tis true, this arm has hotly striven,
Has dared what few would dare;
Much have I done, and freely given,
But little learnt to bear!"

"Look on the grave, where thou must sleep,
Thy last, and strongest foe;
It is endurance not to weep,
If that repose seem woe.

"The long war closing in defeat,
Defeat serenely borne,
Thy midnight rest may still be sweet,
And break in glorious morn!"

ELLIS

¡el amante espíritu perdura
y no morirá!

Y el descanso es dulce cuando la laureada fama
coronará la cimera del soldado,
pero un valiente corazón, con un nombre mancillado,
preferirá luchar antes que descansar.

Bien, tú has luchado durante muchos años,
has luchado durante toda tu vida,
has humillado a la Falacia y has pisoteado al Miedo;
¿qué te queda por hacer?

Es cierto, este brazo ha luchado acaloradamente,
se ha atrevido a lo que pocos osarían hacer,
mucho he hecho, y lo he entregado libremente,
¡pero poco he aprendido a soportar!

Contempla la tumba donde debes dormir,
tu definitivo y más fuerte enemigo;
es resistencia no sollozar
si ese reposo resulta aflicción.

La larga guerra finaliza en derrota,
derrota serenamente llevada,
tu descanso de medianoche puede que siga siendo dulce
y se rompa en una gloriosa mañana.

ELLIS

LINES COMPOSED
IN A WOOD ON A WINDY DAY

My soul is awakened, my spirit is soaring
And carried aloft on the wings of the breeze;
For above and around me the wild wind is roaring,
Arousing to rapture the earth and the seas.

The long withered grass in the sunshine is glancing,
The bare trees are tossing their branches on high;
The dead leaves, beneath them, are merrily dancing,
The white clouds are scudding across the blue sky.

I wish I could see how the ocean is lashing
The foam of its billows to whirlwinds of spray;
I wish I could see how its proud waves are dashing,
And hear the wild roar of their thunder today!

ACTON

VERSOS COMPUESTOS
EN UN BOSQUE UN DÍA VENTOSO

Mi alma despierta, mi espíritu vuela
y llevado por los aires en las alas de la brisa;
pues sobre mí y a mi alrededor el salvaje viento ruge,
provocando el éxtasis de la tierra y los mares.

La alta hierba marchita mira bajo la luz del sol,
los árboles desnudos lanzan sus ramas a lo alto;
las hojas muertas, debajo, bailan alegremente,
las nubes blancas se desplazan rápido por el cielo azul.

¡Desearía poder ver cómo el océano azota
la espuma de sus olas con torbellinos de rocío;
desearía poder ver cómo sus orgullosas olas se estrellan,
y oír el salvaje rugir de sus truenos hoy!

ACTON

STANZAS

If thou be in a lonely place,
If one hour's calm be thine,
As Evening bends her placid face
O'er this sweet day's decline;
If all the earth and all the heaven
Now look serene to thee,
As o'er them shuts the summer even,
One moment–think of me!

Pause, in the lane, returning home;
'Tis dusk, it will be still:
Pause near the elm, a sacred gloom
Its breezeless boughs will fill.
Look at that soft and golden light,
High in the unclouded sky;
Watch the last bird's belated flight,
As it flits silent by.

Hark! for a sound upon the wind,
A step, a voice, a sigh;
If all be still, then yield thy mind,
Unchecked, to memory.
If thy love were like mine, how blest
That twilight hour would seem,
When, back from the regretted Past,
Returned our early dream!

If thy love were like mine, how wild
Thy longings, even to pain,
For sunset soft, and moonlight mild,
To bring that hour again!
But oft, when in thine arms I lay,

ESTROFAS

Si estuvieras en un lugar solitario,
si la calma de una hora fuera tuya
cuando la noche inclina su plácido rostro
sobre el declive de este dulce día;
si toda la tierra y todo el cielo
ahora te miran serenos,
como cuando sobre ellos se cierra el verano,
un momento... ¡Piensa en mí!

Detente en el sendero de regreso a casa;
está anocheciendo, habrá silencio:
detente cerca del olmo, una penumbra sagrada
llenará sus ramas sin brisa.
Contempla esa luz suave y dorada
en lo alto del cielo despejado;
contempla el vuelo tardío del último pájaro,
mientras revolotea en silencio.

¡Escucha! Un sonido en el viento,
unos pasos, una voz, un suspiro;
si todo está en calma, entonces entrega tu mente,
libre, al recuerdo.
Si tu amor fuera como el mío, ¡qué bendita parecería
esa hora del crepúsculo,
cuando, de regreso del pasado lamentado,
regresara nuestro temprano sueño!

Si tu amor fuera como el mío, cuán salvajes
serían tus anhelos, hasta el dolor,
de un atardecer suave y una luz de luna suave,
¡para traer esa hora de nuevo!
Pero a menudo, cuando yacía en tus brazos,

I've seen thy dark eyes shine,
And deeply felt, their changeful ray
Spoke other love than mine.

My love is almost anguish now,
It beats so strong and true;
'Twere rapture, could I deem that thou
Such anguish ever knew.
I have been but thy transient flower,
Thou wert my god divine;
Till, checked by death's congealing power,
This heart must throb for thine.

And well my dying hour were blest,
If life's expiring breath
Should pass, as thy lips gently prest
My forehead, cold in death;
And sound my sleep would be, and sweet,
Beneath the churchyard tree,
If sometimes in thy heart should beat
One pulse, still true to me.

CURRER

he visto brillar tus ojos oscuros,
y he sentido profundamente que su cambiante rayo
hablaba de un amor diferente al mío.

Mi amor es casi angustia ahora,
late tan fuerte y verdadero;
sería un éxtasis, si pudiera creer que tú
alguna angustia conociste alguna vez.
Sólo he sido tu flor efímera,
tú eras mi dios divino;
hasta que, frenado por el poder coagulante de la muerte,
este corazón deba latir por el tuyo.

Y bienaventurada sería mi hora de morir,
si el aliento expirado de la vida pasara,
mientras tus labios acariciaban suavemente
mi frente, fría por la muerte;
y mi sueño sería profundo y dulce
bajo el árbol del cementerio,
si a veces en tu corazón latiera
un solo pulso, aún fiel a mí.

Currer

DEATH

Death! that struck when I was most confiding
In my certain faith of joy to be–
Strike again, Time's withered branch dividing
From the fresh root of Eternity!

Leaves, upon Time's branch, were growing brightly,
Full of sap, and full of silver dew;
Birds beneath its shelter gathered nightly;
Daily round its flowers the wild bees flew.

Sorrow passed, and plucked the golden blossom;
Guilt stripped off the foliage in its pride;
But, within its parent's kindly bosom,
Flowed for ever Life's restoring-tide.

Little mourned I for the parted gladness,
For the vacant nest and silent song–
Hope was there, and laughed me out of sadness;
Whispering, "Winter will not linger long!"

And, behold! with tenfold increase blessing,
Spring adorned the beauty-burdened spray;
Wind and rain and fervent heat, caressing,
Lavished glory on that second May!

High it rose–no winged grief could sweep it;
Sin was scared to distance with its shine;
Love, and its own life, had power to keep it
From all wrong–from every blight but thine!

Cruel Death! The young leaves droop and languish;
Evening's gentle air may still restore–

MUERTE

¡Muerte que me golpeó cuando más confiaba
en mi fe segura de la dicha de existir!
¡Golpea de nuevo, rama marchita del Tiempo que se divide
de la raíz fresca de la Eternidad!

Hojas, sobre la rama del Tiempo, crecían brillantes,
llenas de savia y cubiertas de plateado rocío;
pájaros, bajo su refugio, se reunían cada noche;
a diario las salvajes abejas revoloteaban sobre sus flores.

La tristeza pasó y arrancó el dorado capullo;
la culpa arrancó todo el follaje en su orgullo;
pero, dentro del amable pecho de su progenitor,
fluía por siempre la marea que restablece la Vida.

Poco lloré por la fallecida alegría,
por el nido vacío y la silenciosa canción...
La esperanza estaba allí y me sacó de la tristeza con risas,
susurrando, «¡el invierno no perdurará mucho!».

Y, ¡mirad! ¡Con bendiciones multiplicadas por diez,
la primavera adornó el ramillete cargado de belleza,
el viento, la lluvia y el ferviente calor, con caricias,
prodigaban de gloria ese segundo mayo!

Alto se elevó; ninguna pena alada podía arrasarlo.
El pecado se asustó con su brillo y se alejó;
el amor y su propia vida tenían el poder de mantenerlo
lejos de todo mal... ¡de toda desgracia menos de la tuya!

¡Cruel Muerte! Las hojas jóvenes caen y languidecen,
el suave aire de la noche aún puede restaurar...

No! the morning sunshine mocks my anguish—
Time, for me, must never blossom more!

Strike it down, that other boughs may flourish
Where that perished sapling used to be;
Thus, at least, its mouldering corpse will nourish
That from which it sprung—Eternity.

ELLIS

¡No! La luz del sol de la mañana se burla de mi angustia...
¡El Tiempo, para mí, nunca debe volver a florecer!

Derríbalo, para que otras ramas florezcan
donde antes se hallaba ese retoño marchito;
así, al menos, su cadáver en descomposición nutrirá
aquello de lo que brotó: la Eternidad.

ELLIS

VIEWS OF LIFE

When sinks my heart in hopeless gloom,
And life can show no joy for me;
And I behold a yawning tomb,
Where bowers and palaces should be;

In vain you talk of morbid dreams;
In vain you gaily smiling say,
That what to me so dreary seems,
The healthy mind deems bright and gay.

I too have smiled, and thought like you,
But madly smiled, and falsely deemed:
Truth *led me to the present view,*
I'm waking now— 'twas then *I dreamed.*

I lately saw a sunset sky,
And stood enraptured to behold
Its varied hues of glorious dye:
First, fleecy clouds of shining gold;

These blushing took a rosy hue;
Beneath them shone a flood of green;
Nor less divine, the glorious blue
That smiled above them and between.

I cannot name each lovely shade;
I cannot say how bright they shone;
But one by one, I saw them fade;
And what remained whey they were gone?

Dull clouds remained, of sombre hue,
And when their borrowed charm was o'er,

VISIONES DE VIDA

Cuando mi corazón se hunde en pesimista tristeza
y la vida no puede mostrarme ningún gozo,
y contemplo una tumba que bosteza
donde pérgolas y palacios deberían estar;

en vano hablas de morbosos sueños,
en vano tu alegre sonrisa dice
que, lo que me resulta tan deprimente,
la mente sana considera brillante y alegre.

Yo también he sonreído y he pensado como tú,
pero sonreí como loca y lo consideré en falso:
la Verdad me llevó a la visión presente,
estoy despierta ahora; fue entonces cuando soñaba.

Recientemente vi una puesta de sol
y me quedé fascinada al contemplar
sus diversos tonos de gloriosos tintes:
primero, aborregadas nubes de brillante oro;

sonrojadas, estas adoptaron un tono rosado;
bajo ellas brillaba una riada de verde;
no menos divino, el glorioso azul
que sonreía sobre ellas y a través de ellas.

No puedo nombrar cada encantador tono;
no puedo decir lo brillantes que relucían;
pero, uno a uno, los vi desvanecerse
y, ¿qué quedó cuando desaparecieron?

Apagadas nubes quedaron, con tonos sombríos,
y cuando su prestado encanto se acabó,

The azure sky had faded too,
That smiled so softly bright before.

So, gilded by the glow of youth,
Our varied life looks fair and gay;
And so remains the naked truth,
When that false light is past away.

Why blame ye, then, my keener sight,
That clearly sees a world of woes,
Through all the haze of golden light,
That flattering Falsehood round it throws?

When the young mother smiles above
The first-born darling of her heart,
Her bosom glows with earnest love,
While tears of silent transport start.

Fond dreamer! little does she know
The anxious toil, the suffering,
The blasted hopes, the burning woe,
The object of her joy will bring.

Her blinded eyes behold not now
What, soon or late, must be his doom;
The anguish that will cloud his brow,
The bed of death, the dreary tomb.

As little know the youthful pair,
In mutual love supremely blest,
What weariness, and cold despair,
Ere long, will seize the aching breast.

And, even, should Love and Faith remain,
(The greatest blessings life can show,)
Amid adversity and pain,
To shine, throughout with cheering glow;

They do not see how cruel Death
Comes on, their loving hearts to part:
One feels not now the gasping breath,
The rending of the earth-bound heart,–

el cielo azul se había desvanecido también,
él que sonreía antes con tan suave fulgor.

Y así, cubierto por el brillo dorado de la juventud,
nuestra variada vida parece justa y alegre,
y así permanece la pura verdad
cuando esa falsa luz se desvanece.

¿Por qué culparte a ti, entonces, mi entusiasta vista,
que claramente ve un mundo de calamidades
a través de toda la neblina de la luz dorada,
de esa halagadora Falsedad que lanza alrededor?

Cuando la joven madre le sonríe
al primogénito adorado de su corazón,
su pecho brilla con franco amor
mientras brotan lágrimas de silencioso trance.

¡Ingenua soñadora! Poco sabe
del tenso esfuerzo, el sufrimiento,
las arruinadas esperanzas y la abrasadora congoja
que el objeto de su gozo traerá consigo.

Sus cegados ojos no contemplan ahora
lo que, antes o después, debe ser su ruina,
la angustia que nublará su frente,
el lecho de muerte, la sombría tumba.

Como poco sabe la juvenil pareja,
bendecida en demasía con amor mutuo,
que el agotamiento y la fría desesperación,
en breve, se apoderará del doliente pecho.

Y aunque el Amor y la Fe permanezcan
(las mayores bendiciones que la vida puede mostrar),
entre la adversidad y el dolor,
para brillar durante todo con alegre fulgor;

no ven cómo la cruel Muerte
se acerca para separar sus amantes corazones:
uno no siente ahora el jadeante aliento,
el desgarro del corazón unido a la tierra,

The soul's and body's agony,
Ere she may sink to her repose.
The sad survivor cannot see
The grave above his darling close;

Nor how, despairing and alone,
He then must wear his life away;
And linger, feebly toiling on,
And fainting, sink into decay.

* * *

Oh, Youth may listen patiently,
While sad Experience tells her tale;
But Doubt sits smiling in his eye,
For ardent Hope will still prevail!

He hears how feeble Pleasure dies,
By guilt destroyed, and pain and woe;
He turns to Hope–and she replies,
"Believe it not–it is not so!"

"Oh, heed her not!" Experience says,
"For thus she whispered once to me;
She told me, in my youthful days,
How glorious manhood's prime would be.

When, in the time of early Spring,
Too chill the winds that o'er me pass'd,
She said, each coming day would bring
A fairer heaven, a gentler blast.

And when the sun too seldom beamed,
The sky, o'ercast, too darkly frowned,
The soaking rain too constant streamed,
And mists too dreary gathered round;

She told me, Summer's glorious ray
Would chase those vapours all away,
And scatter glories round;
With sweetest music fill the trees,

La agonía del alma y el cuerpo,
antes de que pueda hundirse en su reposo.
El triste superviviente no puede ver
la tumba cernirse sobre su amada,

ni como, desesperado y solo,
debe entonces pasar su vida,
y sobrevivir, esforzándose débilmente,
y apagarse hasta hundirse en la ruina.

* * *

¡Oh, la Juventud debe escuchar con paciencia
mientras cuenta su historia la triste Experiencia,
pero la Duda se sienta sonriéndole a los ojos
pues la ardiente Esperanza aún perdurará!

Él oye cómo muere el débil Placer
destrozado por la culpa, el dolor y la congoja;
se gira hacia la Esperanza y esta responde,
«¡no lo creas, no es así!».

«¡Oh, no la escuches! —dice la Experiencia—,
pues así me susurró una vez
para contarme en mis días de juventud
lo gloriosa que sería la plenitud de la madurez.

Cuando, a principios de la primavera,
con vientos demasiado helados que soplaban sobre mí,
ella dijo que cada día traería
un cielo más claro, una ráfaga más amable.

Y cuando el sol rara vez brillaba,
el cielo, nublado, fruncía el ceño oscuro,
la constante lluvia nos empapaba
y las nieblas demasiado sombrías se congregaban;

Ella me dijo que los gloriosos rayos del verano
alejarían todos esos vapores
y esparcirían esplendor por todas partes,
con la más dulce música para llenar los árboles,

Load with rich scent the gentle breeze,
And strew with flowers the ground.

But when, beneath that scorching ray,
I languished, weary, through the day,
While birds refused to sing,
Verdure decayed from field and tree,
And panting Nature mourned with me
The freshness of the Spring.

'Wait but a little while,' she said,
'Till Summer's burning days are fled;
And Autumn shall restore,
With golden riches of her own,
And Summer's glories mellowed down,
The freshness you deplore.'

And long I waited, but in vain:
That freshness never came again,
Though Summer passed away,
Though Autumn's mists hung cold and chill,
And drooping nature languished still,
And sank into decay.

Till wintry blasts foreboding blew
Through leafless trees—and then I knew
That Hope was all a dream.
But thus, fond youth, she cheated me;
And she will prove as false to thee,
Though sweet her words may seem."

Stern prophet! Cease thy bodings dire—
Thou canst not quench the ardent fire
That warms the breast of youth.
Oh, let it cheer him while it may,
And gently, gently die away—
Chilled by the damps of truth!

Tell him, that earth is not our rest;
Its joys are empty—frail at best;
And point beyond the sky.
But gleams of light may reach us here;

cargados con ricos aromas de suaves brisas
y una plenitud de flores por el suelo.

Pero cuando, bajo el abrasador rayo,
yo languidecía, agotado, todo el día,
mientras los pájaros se negaban a cantar,
el verdor se pudría en los campos y los árboles,
y la jadeante Naturaleza lloraba conmigo
por la frescura de la primavera.

«Espera un poco —dijo ella—,
hasta que los ardientes días del verano hayan huido,
y el otoño restaurará
con doradas riquezas propias
que suavizarán el esplendor del verano,
la frescura que lamentas».

Y mucho esperé, pero fue en vano:
la frescura nunca volvió,
aunque el verano pasó,
aunque las nieblas del otoño eran frías y gélidas,
y la mustia naturaleza seguía languideciendo
y se hundía en la descomposición.

Hasta que ráfagas invernales presagiaron
a través de árboles sin hojas, y entonces supe
que la Esperanza era sólo un sueño.
Pero así, joven amado, ella me engañó,
y demostrará ser igual de falsa contigo,
aunque dulces parezcan sus palabras».

¡Severo profeta! Cesa tus terribles presagios—
No puedes apagar el fuego ardiente
que calienta el pecho de la juventud.
Oh, deja que lo anime mientras pueda,
y que suavemente, suavemente, se apague—
¡Helado por la húmeda verdad!

Dile que la tierra no es nuestro descanso;
sus gozos son vacuos, frágiles a lo más,
y apuntan más allá del cielo.
Pero haces de luz pueden alcanzarnos aquí

And hope the roughest *path can cheer:*
Then do not bid it fly!

Though hope may promise joys, that still
Unkindly time will ne'er fulfil;
Or, if they come at all,
We never find them unalloyed,–
Hurtful perchance, or soon destroyed,
They vanish or they pall;

Yet hope itself *a brightness throws*
O'er all our labours and our woes;
While dark foreboding Care
A thousand ills will oft portend,
That Providence may ne'er intend
The trembling heart to bear.

Or if they come, it oft appears,
Our woes are lighter than our fears,
And far more bravely borne.
Then let us not enhance our doom;
But e'en in midnight's blackest gloom
Expect the rising morn.

Because the road is rough and long,
Shall we despise the skylark's song,
That cheers the wanderer's way?
Or trample down, with reckless feet,
The smiling flowerets, bright and sweet
Because they soon decay?

Pass pleasant scenes unnoticed by,
Because the next is bleak and drear;
Or not enjoy a smiling sky,
Because a tempest may be near?

No! while we journey on our way,
We'll smile on every lovely thing;
And ever, as they pass away,
To memory and hope we'll cling.

y la esperanza puede animar el sendero más abrupto:
¡entonces no lo incites a volar!

Aunque la esperanza pueda prometer alegrías
que el poco amable tiempo nunca concederá,
o, si se conceden por completo,
nunca las hallaremos sinceras,
hirientes, por ventura, o pronto destruidas,
se desvanecen o se aburren,

pero la esperanza en sí lanza claridad
sobre todos nuestros trabajos y nuestras aflicciones,
mientras que la oscura y premonitoria Congoja
miles de calamidades a menudo presagiará
que la Providencia nunca pretendió
que el tembloroso corazón soportara.

O si llegan, a menudo parece
que nuestras penas son más ligeras que nuestros miedos
y soportadas de un modo mucho más valiente.
No aumentemos, pues, nuestra fatalidad;
mas incluso en la más oscura penumbra de la medianoche,
esperemos la llegada del alba.

Como el camino es duro y largo,
¿debemos despreciar el canto de la alondra
que alegra el camino del vagabundo?
¿O pisotear, con descuidados pies,
las sonrientes florecillas, brillantes y dulces,
porque pronto se marchitarán?

¿Debemos pasar por agradables escenarios sin verlos
porque el siguiente es lóbrego y deprimente?
¿O no disfrutar de un sonriente cielo
porque una tempestad puede estar próxima?

¡No! Mientras proseguimos nuestro viaje
sonreiremos ante cada cosa encantadora
y siempre, cuando desaparezcan,
nos aferraremos al recuerdo y la esperanza.

And though that awful river flows
Before us, when the journey's past,
Perchance of all the pilgrim's woes
Most dreadful–shrink not–'tis the last!

Though icy cold, and dark, and deep;
Beyond it smiles that blessed shore,
Where none shall suffer, none shall weep,
And bliss shall reign for evermore!

Acton

Y aunque ese terrible río fluya
ante nosotros, cuando el viaje haya pasado,
quizás de todos los males del peregrino
el más terrible, no te acobardes, ¡es el último!

Aunque gélida, oscura y profunda,
más allá sonríe esa bendita orilla,
donde nadie sufrirá, nadie llorará,
y la dicha reinará para siempre.

Acton

PARTING

There's no use in weeping,
Though we are condemned to part:
There's such a thing as keeping
A remembrance in one's heart:

There's such a thing as dwelling
On the thought ourselves have nurs'd,
And with scorn and courage telling
The world to do its worst.

We'll not let its follies grieve us,
We'll just take them as they come;
And then every day will leave us
A merry laugh for home.

When we've left each friend and brother,
When we're parted wide and far,
We will think of one another,
As even better than we are.

Every glorious sight above us,
Every pleasant sight beneath,
We'll connect with those that love us,
Whom we truly love till death!

In the evening, when we're sitting
By the fire perchance alone,
Then shall heart with warm heart meeting,
Give responsive tone for tone.

We can burst the bonds which chain us,
Which cold human hands have wrought,

SEPARACIÓN

De nada sirve sollozar,
aunque estemos condenados a separarnos;
existe tal cosa como guardar
un recuerdo en el corazón;

Existe tal cosa como morar
en los pensamientos que nosotros hemos cuidado,
y con desprecio y valor decirle
al mundo que haga lo que desee.

No permitiremos que sus caprichos nos aflijan,
sólo los aceptaremos como nos lleguen;
y entonces cada día nos dejará
una risa alegre para el hogar.

Cuando hayamos dejado a cada amigo y hermano,
cuando nos hayamos marchado lejos,
pensaremos el uno en el otro,
como mejores de lo que somos.

¡Cada gloriosa visión sobre nosotros,
cada agradable visión por debajo,
conectaremos con aquellos que nos aman,
aquellos a los que verdaderamente amamos hasta morir!

Por la noche, cuando estemos sentados
junto al fuego, por ventura solos,
entonces se reunirán los corazones cálidos,
darán respuesta a todos los tonos.

Podemos romper las cadenas que nos atan,
que frías manos humanas han forjado,

And where none shall dare restrain us
We can meet again, in thought.

So there's no use in weeping,
Bear a cheerful spirit still;
Never doubt that Fate is keeping
Future good for present ill!

Currer

y donde nadie se atreverá a sujetarnos
podemos volver a encontrarnos, en pensamiento.

¡De modo que de nada sirve sollozar,
sigue con el alma contenta;
nunca dudes que el Destino está guardando
un buen Futuro para el mal Presente!

C<small>URRER</small>

STANZAS TO —

Well, some may hate, and some may scorn,
And some may quite forget thy name;
But my sad heart must ever mourn
Thy ruined hopes, thy blighted fame!
'Twas thus I thought, an hour ago,
Even weeping o'er that wretch's woe;
One word turned back my gushing tears,
And lit my altered eye with sneers.
Then "Bless the friendly dust," I said,
"That hides thy unlamented head!
Vain as thou wert, and weak as vain,
The slave of Falsehood, Pride, and Pain,—
My heart has nought akin to thine;
Thy soul is powerless over mine."

But these were thoughts that vanished too;
Unwise, unholy, and untrue:
Do I despise the timid deer,
Because his limbs are fleet with fear?
Or, would I mock the wolf's death-howl,
Because his form is gaunt and foul?
Or, hear with joy the leveret's cry,
Because it cannot bravely die?
No! Then above his memory
Let Pity's heart as tender be;
Say, "Earth, lie lightly on that breast,
And, kind Heaven, grant that spirit rest!"

ELLIS

264

ESTROFAS PARA...

Bien, puede que algunos odien y otros desprecien,
y algunos pueden olvidar tu nombre;
¡pero mi triste corazón nunca debe lamentar
tus arruinadas esperanzas, tu arruinada fama!
Fue así como pensé, hace una hora,
incluso en llorar por la desgracia de ese infeliz;
una palabra devolverá mis chorreantes lágrimas,
y encender mis alterados ojos con desdenes.
Entonces dije, «¡Bendice el amable polvo
que oculta tu no lamentada cabeza!
Vanidoso como eras, y débil como banal,
esclavo de la Falacia, el Orgullo y el Dolor,
mi corazón no se parece en nada al tuyo;
tu alma no alberga poder sobre la mía».

Mas estos fueron sentimientos que también se desvanecieron;
insensatos, infames e incorrectos:
¿desprecio al tímido ciervo,
porque sus extremidades huyen con miedo?
O, ¿me burlaría del aullido mortal del lobo,
porque su forma es demacrada y sucia?
¿Acaso oigo con gozo el grito del lebrato
porque no puede morir con valentía?
¡No! Entonces, sobre su recuerdo,
dejemos que el corazón de la Lástima sea tierno;
digamos, «¡Tierra, yace ligera sobre ese pecho
y, amable Cielo, concédele el descanso a su alma!».

ELLIS

APPEAL

Oh, I am very weary,
Though tears no longer flow;
My eyes are tired of weeping,
My heart is sick of woe;

My life is very lonely,
My days pass heavily,
I'm wearing of repining,
Wilt thou not come to me?

Oh, didst thou know my longings
For thee, from day to day,
My hopes, so often blighted,
Thou wouldst not thus delay!

ACTON

APELACIÓN

¡Oh, estoy muy agotada,
aunque las lágrimas ya no fluyen;
mis ojos están cansados de llorar,
mi corazón está enfermo de desdicha!

Mi vida es muy solitaria,
mis días pasan laboriosamente,
estoy agotada de quejarme,
¿no vendrás a mí?

¡Oh, si tú supieras de mis anhelos
por ti, de día en día,
mis esperanzas, tan a menudo destruidas,
no te retrasarías así!

ACTON

HONOUR'S MARTYR

The moon is full this winter night;
The stars are clear, though few;
And every window glistens bright,
With leaves of frozen dew.

The sweet moon through your lattice gleams
And lights your room like day;
And there you pass, in happy dreams,
The peaceful hours away!

While I, with effort hardly quelling
The anguish in my breast,
Wander about the silent dwelling,
And cannot think of rest.

The old clock in the gloomy hall
Ticks on, from hour to hour;
And every time its measured call
Seems lingering slow and slower:

And oh, how slow that keen-eyed star
Has tracked the chilly grey!
What, watching yet! how very far
The morning lies away!

Without your chamber door I stand;
Love, are you slumbering still?
My cold heart, underneath my hand,
Has almost ceased to thrill.

Bleak, bleak the east wind sobs and sighs,
And drowns the turret bell,

MÁRTIR DEL HONOR

La luna luce llena esta noche invernal,
las estrellas brillan, aunque escasas,
y cada ventana reluce brillante
con hojas de congelado rocío.

La dulce luna brilla por tu celosía
e ilumina tu alcoba como el día,
y allí pasas, con felices sueños,
las tranquilas horas.

Mientras yo, con esfuerzo que apenas sofoca
la angustia en mi pecho,
vago por la silenciosa morada
y no puedo pensar en descansar.

El viejo reloj en la sombría sala
hace tictac de hora en hora,
y cada vez su medida llamada
parece volverse cada vez más lenta:

Y ¡oh, cuán lenta esa perspicaz estrella
ha perseguido al helado gris!
¡Sigue vigilando! ¡Cuán lejana
aún queda la mañana!

Ante la puerta de tu alcoba me detengo;
amor, ¿sigues durmiendo?
Mi frío corazón, bajo tu mano,
casi ha dejado de emocionarse.

¡Triste, tristísimo, el viento del este solloza y suspira,
y ahoga la campana de la torre,

Whose sad note, undistinguished, dies
Unheard, like my farewell!

To-morrow, Scorn will blight my name,
And Hate will trample me,
Will load me with a coward's shame—
A traitor's perjury.

False friends will launch their covert sneers;
True friends will wish me dead;
And I shall cause the bitterest tears
That you have ever shed.

The dark deeds of my outlawed race
Will then like virtues shine;
And men will pardon their disgrace,
Beside the guilt of mine.

For, who forgives the accursed crime
Of dastard treachery?
Rebellion, in its chosen time,
May Freedom's champion be;

Revenge may stain a righteous sword,
It may be just to slay;
But, traitor, traitor,—from that word
All true breasts shrink away!

Oh, I would give my heart to death,
To keep my honour fair;
Yet, I'll not give my inward faith
My honour's name to spare!

Not even to keep your priceless love,
Dare I, Beloved, deceive;
This treason should the future prove,
Then, only then, believe!

I know the path I ought to go;
I follow fearlessly,
Inquiring not what deeper woe
Stern duty stores for me.

cuya triste nota, indistinguible, muere
inaudible, como mi despedida!

Mañana, el Desprecio manchará mi nombre,
y el Odio me pisoteará,
me asignará la vergüenza del cobarde,
el perjurio del traidor.

Falsos amigos lanzarán sus burlas encubiertas;
los verdaderos amigos desearán mi muerte;
y te provocaré las lágrimas más amargas
que jamás hayas derramado.

Las oscuras acciones de mi raza proscrita
brillarán entonces como virtudes;
y los hombres perdonarán su desgracia,
además de la culpa mía.

Pues, ¿quién perdona el crimen maldito
de la traición cobarde?
Que la rebelión, en su momento elegido,
sea la defensora de la Libertad;

la venganza puede manchar una espada justa,
puede ser justo matar;
pero ¡traidor, traidor, ante esa palabra
todos los corazones sinceros se encogen!

¡Oh, entregaría mi corazón a la muerte,
para mantener mi honor;
empero, no entregaré mi fe interior
para proteger mi honor!

Ni siquiera para conservar tu inestimable amor,
me atrevo, Amada, a engañarte;
si el futuro demuestra esta traición,
¡entonces, sólo entonces, cree!

Conozco el camino que debo seguir;
lo sigo sin miedo,
sin cuestionar qué profunda aflicción
me tiene reservada el severo deber.

So foes pursue, and cold allies
Mistrust me, every one:
Let me be false in others' eyes,
If faithful in my own.

ELLIS

Así me persiguen enemigos, y fríos aliados
desconfían de mí, todos:
dejad que sea falso a ojos de los demás,
si me mantengo fiel a los míos.

ELLIS

THE STUDENT'S SERENADE

I have slept upon my couch,
But my spirit did not rest,
For the labours of the day
Yet my weary soul opprest;

And, before my dreaming eyes
Still the learned volumes lay,
And I could not close their leaves,
And I could not turn away.

But I oped my eyes at last,
And I heard a muffled sound;
'Twas the night-breeze, come to say
That the snow was on the ground.

Then I knew that there was rest
On the mountain's bosom free;
So I left my fevered couch,
And I flew to waken thee!

I have flown to waken thee—
For, if thou wilt not arise,
Then my soul can drink no peace
From these holy moonlight skies.

And, this waste of virgin snow
To my sight will not be fair,
Unless thou wilt smiling come,
Love, to wander with me there.

Then, awake! Maria, wake!
For, if thou couldst only know

LA SERENATA DEL ESTUDIANTE

He dormido en mi diván,
pero mi espíritu no descansaba,
pues los trabajos del día
mantenían oprimida mi alma cansada;

y, ante mis ojos soñadores,
aún yacían los volúmenes eruditos,
y no podía cerrar sus hojas,
y no podía apartarme.

Pero abrí mis ojos al fin
y oí un sonido amortiguado;
era la brisa nocturna, que venía a decir
que la nieve estaba en el suelo.

Entonces supe que había descanso
en el seno libre de la montaña,
de modo que dejé mi enfebrecido lecho
y volé para despertarte.

He volado para despertarte,
pues, si tú no te levantases,
entonces mi alma no encontraría paz
en estos santos cielos iluminados por la luna.

Y esta extensión de nieve virgen
ante mis ojos no será hermosa
a menos que tú vengas sonriendo,
amor, para vagar por allí conmigo.

¡Despierta, pues! ¡Despierta, María!
Pues, si sólo pudieras saber

How the quiet moonlight sleeps
On this wilderness of snow,

And the groves of ancient trees,
In their snowy garb arrayed,
Till they stretch into the gloom
Of the distant valley's shade;

I know thou wouldst rejoice
To inhale this bracing air;
Thou wouldst break thy sweetest sleep
To behold a scene so fair.

O'er these wintry wilds, alone,
Thou wouldst joy to wander free;
And it will not please the less,
Though that bliss be shared with me.

Acton

cuán tranquila duerme la luz de la luna
en esta naturaleza de nieve,

y las arboledas de árboles ancestrales,
dispuestos con sus vestidos nevados
hasta que se pierden en la oscuridad
de la sombra del distante valle;

sé que tú te regocijarías
al inhalar este vigorizante aire;
tú romperías tu más dulce sueño
para contemplar una escena tan bella.

Por esta naturaleza invernal, sola,
tú te alegrarías de vagar libre,
y no te complacerá menos
porque esa felicidad sea compartida conmigo.

Acton

APOSTASY

This last denial of my faith,
Thou, solemn Priest, hast heard;
And, though upon my bed of death,
I call not back a word.
Point not to thy Madonna, Priest,–
Thy sightless saint of stone;
She cannot, from this burning breast,
Wring one repentant moan.

Thou say'st, that when a sinless child,
I duly bent the knee,
And prayed to what in marble smiled
Cold, lifeless, mute, on me.
I did. But listen! Children spring
Full soon to riper youth;
And, for Love's vow and Wedlock's ring,
I sold my early truth.

'Twas not a grey, bare head, like thine,
Bent o'er me, when I said,
"That land and God and Faith are mine,
For which thy fathers bled."
I see thee not, my eyes are dim;
But, well I hear thee say,
"O daughter, cease to think of him
Who led thy soul astray.

Between you lies both space and time;
Let leagues and years prevail
To turn thee from the path of crime,
Back to the Church's pale."
And, did I need that thou shouldst tell

APOSTASÍA

Esta última negación de mi fe,
usted, solemne Sacerdote, ha oído;
y, aunque me halle en mi lecho de muerte,
no me desdeciré de mis palabras.
No señale a su Madona, Padre,
su ciega santa de piedra;
ella no puede, de este ardiente pecho,
arrancar un gemido arrepentido.

Usted dice que, cuando era una criatura sin pecado,
yo doblaba la rodilla debidamente,
y rezaba a lo que en mármol
me sonreía, fría, sin vida, muda.
Lo hice. ¡Pero, escuche! Los niños pasan
demasiado rápido a una juventud más madura,
y, por un juramento de amor y un anillo de matrimonio,
vendí mi temprana verdad.

No había una cabeza gris y desnuda como la suya,
inclinada sobre mí, cuando dije,
«esa tierra y Dios y la fe son mías,
aquellas por las que tus padres sangraron».
No lo veo, mis ojos se apagan,
pero bien que le oigo decir,
«oh, hija, deja de pensar en aquel
que llevó tu alma por el mal camino.

Entre vosotros yacen el tiempo y el espacio;
deja que las leguas y los años prevalezcan
para alejarte del camino del crimen,
de vuelta a la palidez de la Iglesia».
¿Y acaso necesitaba que usted me dijera

What mighty barriers rise
To part me from that dungeon-cell,
Where my loved Walter lies?

And, did I need that thou shouldst taunt
My dying hour at last,
By bidding this worn spirit pant
No more for what is past?
Priest—must I cease to think of him?
How hollow rings that word!
Can time, can tears, can distance dim
The memory of my lord?

I said before, I saw not thee,
Because, an hour agone,
Over my eye-balls, heavily,
The lids fell down like stone.
But still my spirit's inward sight
Beholds his image beam
As fixed, as clear, as burning bright,
As some red planet's gleam.

Talk not of thy Last Sacrament,
Tell not thy beads for me;
Both rite and prayer are vainly spent,
As dews upon the sea.
Speak not one word of Heaven above,
Rave not of Hell's alarms;
Give me but back my Walter's love,
Restore me to his arms!

Then will the bliss of Heaven be won;
Then will Hell shrink away,
As I have seen night's terrors shun
The conquering steps of day.
'Tis my religion thus to love,
My creed thus fixed to be;
Not Death shall shake, nor Priestcraft break
My rock-like constancy!

Now go; for at the door there waits
Another stranger guest:

que poderosas barreras se alzan
para apartarme de esa mazmorra
donde mi amado Walter yace?

¿Y acaso necesitaba que se burlara
de mi hora de morir al fin,
ordenando a este espíritu desgastado que no jadease
más por lo que había pasado?
Padre, ¿debo dejar de pensar en él?
¡Cuán falsa suena esa palabra!
¿Pueden el tiempo, las lágrimas o la distancia
atenuar el recuerdo de mi señor?

Dije antes que no lo vi,
porque, hace una hora,
sobre mis ojos, pesadamente,
los párpados cayeron como piedras.
Pero aun así, la mirada interior de mi espíritu
contempla el rayo de su imagen,
tan fijo, tan claro, tan brillante y abrasador
como el resplandor de algún planeta rojo.

No hable de sus Últimos Sacramentos,
no pase sus cuentas por mí;
los ritos y las plegarias son usados en vano,
como gotas de rocío sobre el mar.
No diga ni una palabra del Cielo,
ni despotrique sobre las alarmas del Infierno;
¡tan sólo devuélvame el amor de mi Walter,
devuélvame a sus brazos!

Entonces se alcanzará la dicha del Cielo;
entonces el Infierno se encogerá,
como he visto a los terrores de la noche rehuir
los pasos conquistadores del día.
Es mi religión amar así,
mi credo así establecido;
ni la Muerte conmoverá, ni la superchería sacerdotal romperá
mi pétrea firmeza.

Ahora váyase, porque en la puerta espera
otro huésped extraño:

He calls–I come–my pulse scarce beats,
My heart fails in my breast.
Again that voice–how far away,
How dreary sounds that tone!
And I, methinks, am gone astray
In trackless wastes and lone.

I fain would rest a little while:
Where can I find a stay,
Till dawn upon the hills shall smile,
And show some trodden way?
"I come! I come!" in haste she said,
"'Twas Walter's voice I heard!"
Then up she sprang–but fell back, dead,
His name her latest word.

CURRER

llama, vengo, mi pulso apenas late,
mi corazón desfallece en mi pecho.
De nuevo esa voz, ¡qué lejana,
qué lúgubre suena ese tono!
Y yo, me parece, me he extraviado
en yermos solitarios y sin caminos.

Quisiera descansar un poco:
¿dónde puedo encontrar un lugar donde quedarme
hasta que el amanecer sonría sobre las colinas,
y muestre algún camino trillado?
«¡Ya voy! ¡Ya voy! —dijo ella apresurada—,
¡era la voz de Walter la que oí!».
Entonces ella saltó, pero cayó hacia atrás, muerta,
su nombre fue su última palabra.

CURRER

STANZAS

I'll not weep that thou art going to leave me,
There's nothing lovely here;
And doubly will the dark world grieve me,
While thy heart suffers there.

I'll not weep, because the summer's glory
Must always end in gloom;
And, follow out the happiest story—
It closes with a tomb!

And I am weary of the anguish
Increasing winters bear;
Weary to watch the spirit languish
Through years of dead despair.

So, if a tear, when thou art dying,
Should haply fall from me,
It is but that my soul is sighing,
To go and rest with thee.

ELLIS

ESTROFAS

No sollozaré porque tú vayas a dejarme,
no hay nada encantador aquí;
y la oscuridad del mundo me apenará doblemente
mientras tu corazón sufre allí.

No sollozaré, porque la gloria del estío
siempre debe acabar en pesimismo;
y, al realizar la historia más feliz,
¡acaba con una tumba!

Y estoy agotada de la angustia
que aumenta la carga del invierno;
agotada de ver al espíritu languidecer
durante años de desesperación muerta.

Y así, si una lágrima, cuando tú estés muriendo,
cayera azarosa de mí,
será porque mi alma está suspirando
por ir a descansar contigo.

ELLIS

THE CAPTIVE DOVE

Poor restless dove, I pity thee;
And when I hear thy plaintive moan,
I mourn for thy captivity,
And in thy woes forget mine own.

To see thee stand prepared to fly,
And flap those useless wings of thine,
And gaze into the distant sky,
Would melt a harder heart than mine.

In vain—in vain! Thou canst not rise:
Thy prison roof confines thee there;
Its slender wires delude thine eyes,
And quench thy longings with despair.

Oh, thou wert made to wander free
In sunny mead and shady grove,
And, far beyond the rolling sea,
In distant climes, at will to rove!

Yet, hadst thou but one gentle mate
Thy little drooping heart to cheer,
And share with thee thy captive state,
Thou couldst be happy even there.

Yes, even there, if, listening by,
One faithful dear companion stood,
While gazing on her full bright eye,
Thou mightst forget thy native wood.

LA PALOMA CAUTIVA

Pobre paloma inquieta, te compadezco;
y cuando oigo tu quejumbroso gemido,
lloro por tu cautividad,
y en tus desdichas olvido las mías.

Verte de pie, preparada para volar,
y aletear con esas inútiles alas tuyas,
y mirar al distante cielo,
derretiría un corazón más duro que el mío.

¡En vano, en vano! Tú no puedes alzarte:
el techo de tu prisión te confina allí;
sus delgados alambres engañan a tus ojos,
y apagan tus deseos con desesperación.

¡Oh, tú fuiste creada para vagar libre
en soleados prados y sombreadas arboledas,
y, más allá del ondulante mar,
en climas lejanos, vagar a voluntad!

Y, si tan sólo tuvieras un gentil compañero
para alegrar tu pequeño y lánguido corazón,
y compartir contigo tu estado cautivo,
podrías ser feliz incluso aquí.

Sí, incluso allí, si, escuchando,
un fiel y querido compañero se detuviera
a mirarla a sus brillantes ojos,
tú podrías olvidar tu bosque natal.

But thou, poor solitary dove,
Must make, unheard, thy joyless moan;
The heart, that Nature formed to love,
Must pine, neglected, and alone.

ACTON

Pero tú, pobre paloma solitaria,
debes lanzar, sin ser oído, tu triste gemido;
el corazón, que la Naturaleza creó para amar,
debe languidecer, abandonado y solo.

Acton

WINTER STORES

We take from life one little share,
And say that this shall be
A space, redeemed from toil and care,
From tears and sadness free.

And, haply, Death unstrings his bow
And Sorrow stands apart,
And, for a little while, we know
The sunshine of the heart.

Existence seems a summer eve,
Warm, soft, and full of peace;
Our free, unfettered feelings give
The soul its full release.

A moment, then, it takes the power,
To call up thoughts that throw
Around that charmed and hallowed hour,
This life's divinest glow.

But Time, though viewlessly it flies,
And slowly, will not stay;
Alike, through clear and clouded skies,
It cleaves its silent way.

Alike the bitter cup of grief,
Alike the draught of bliss,
Its progress leaves but moment brief
For baffled lips to kiss.

The sparkling draught is dried away,
The hour of rest is gone,

PROVISIONES DE INVIERNO

Tomamos de la vida una pequeña parte
y decimos que este será
un espacio, redimido de esfuerzos y preocupaciones,
libre de lágrimas y tristeza.

Y, quizás, la Muerte destense su arco
y la Pena se quede al margen
y, por un instante, conozcamos
la luz del sol del corazón.

La existencia parece una noche de verano,
cálida, suave y llena de paz;
nuestros sentimientos libres y sin restricciones
conceden al alma completa libertad.

Un momento, entonces, toma el poder
para convocar pensamientos que arrojan
alrededor de esa hora sagrada y encantada
el fulgor más divino de la vida.

Pero el Tiempo, aunque vuela sin ver,
y despacio, no se quedará;
de igual modo, a través de cielos claros y nublados,
Surca su silencioso camino.

Igual que la amarga copa del dolor,
igual que el trago de la dicha,
su avance deja sólo un breve instante
para que labios desconcertados lo besen.

La brisa chispeante se ha secado,
la hora del descanso ha pasado,

And urgent voices, round us, say,
"Ho, lingerer, hasten on!"

And has the soul, then, only gained,
From this brief time of ease,
A moment's rest, when overstrained,
One hurried glimpse of peace?

No; while the sun shone kindly o'er us,
And flowers bloomed round our feet,–
While many a bud of joy before us
Unclosed its petals sweet,–

An unseen work within was plying;
Like honey-seeking bee,
From flower to flower, unwearied, flying,
Laboured one faculty,–

Thoughtful for Winter's future sorrow,
Its gloom and scarcity;
Prescient to-day, of want to-morrow,
Toiled quiet Memory.

'Tis she that from each transient pleasure
Extracts a lasting good;
'Tis she that finds, in summer, treasure
To serve for winter's food.

And when Youth's summer day is vanished,
And Age brings Winter's stress,
Her stores, with hoarded sweets replenished,
Life's evening hours will bless.

CURRER

y voces urgentes, a nuestro alrededor, dicen:
«¡eh, rezagado, date prisa!».

¿Y acaso el alma sólo ha ganado,
de este breve intervalo de alivio,
un momento de descanso al sentirse fatigado,
un apresurado destello de paz?

No. Mientras que el sol brille amable sobre nosotros
y las flores florezcan alrededor de nuestros pies,
mientras que muchos capullos de gozo
ante nosotros abran sus dulces pétalos.

Un invisible trabajo tenía lugar en su interior;
como la abeja que busca la miel
de flor en flor, infatigable, volando,
trabajaba una facultad.

Pensativa por la futura tristeza del invierno,
su oscuridad y su escasez;
presciente hoy, de necesidad mañana,
memoria silenciosa y laboriosa.

Es ella quien, de cada transitorio placer,
extrae un bien duradero;
es ella quien encuentra, en el verano, tesoros
que servir como comida de invierno.

Y cuando los días de verano de la Juventud se hayan desvanecido,
y la Edad traiga la preocupación del invierno,
sus provisiones, con plenitud de acumulados dulces,
bendecirá las horas de la noche de la vida.

CURRER

MY COMFORTER

Well hast thou spoken, and yet, not taught
A feeling strange or new;
Thou hast but roused a latent thought,
A cloud-closed beam of sunshine, brought
To gleam in open view.

Deep down, concealed within my soul,
That light lies hid from men;
Yet, glows unquenched–though shadows roll,
Its gentle ray cannot control,
About the sullen den.

Was I not vexed, in these gloomy ways
To walk alone so long?
Around me, wretches uttering praise,
Or howling o'er their hopeless days,
And each with Frenzy's tongue;–

A brotherhood of misery,
Their smiles as sad as sighs;
Whose madness daily maddened me,
Distorting into agony
The bliss before my eyes!

So stood I, in Heaven's glorious sun,
And in the glare of Hell;
My spirit drank a mingled tone,
Of seraph's song, and demon's moan;
What my soul bore, my soul alone
Within itself may tell!

MI CONSEJERO

Bien has hablado y, empero, no has enseñado
un sentimiento extraño o nuevo;
no has hecho más que despertar un pensamiento latente,
un rayo de luz solar encerrado en una nube,
atraído a brillar a plena vista.

En lo más profundo, oculto dentro de mi alma,
esa luz yace oculta a los hombres;
pero brilla insaciable, aunque rueda en las sombras,
su amable rayo no puede controlar
en la deprimente madriguera.

¿No me afligía, en estos sombríos caminos,
caminar sola tanto tiempo?
A mi alrededor, desdichados proferían alabanzas,
o aullaban por sus días sin esperanza,
y cada uno con la lengua del Frenesí;

una hermandad de miseria,
sus sonrisas tan tristes como suspiros,
cuya locura me enloquecía a diario,
distorsionando en agonía
la dicha ante mis ojos.

Así permanecí, bajo el glorioso sol del Cielo,
y bajo el resplandor del Infierno;
mi espíritu bebió un tono mezclado
de canciones seráficas y gemidos demoníacos;
lo que mi alma soportó, sólo mi alma
en su interior podrá contarlo.

Like a soft air, above a sea,
Tossed by the tempest's stir;
A thaw-wind, melting quietly
The snow-drift, on some wintry lea;
No: what sweet thing resembles thee,
My thoughtful Comforter?

And yet a little longer speak,
Calm this resentful mood;
And while the savage heart grows meek,
For other token do not seek,
But let the tear upon my cheek
Evince my gratitude!

ELLIS

Como un suave aire, sobre el mar,
lanzado por la agitación de la tempestad;
un viento de deshielo, fundiendo en silencio
los bancos de nieve en algún prado invernal;
no. ¿Qué dulce cosa se parece a ti,
mi atento consejero?

Y habla un poco más,
calma este ánimo resentido;
y mientras el corazón salvaje se apacigua,
no busques otra señal,
y permite que la lágrima en mi mejilla
demuestre mi gratitud.

Ellis

SELF-CONGRATULATION

Ellen, you were thoughtless once
Of beauty or of grace,
Simple and homely in attire,
Careless of form and face;
Then whence this change? and wherefore now
So often smooth your hair?
And wherefore deck your youthful form
With such unwearied care?

Tell us–and cease to tire our ears
With that familiar strain–
Why will you play those simple tunes
So often, o'er again?
"Indeed, dear friends, I can but say
That childhood›s thoughts are gone;
Each year its own new feelings brings,
And years move swiftly on:

"And for these little simple airs–
I love to play them o'er
So much–I dare not promise, now,
To play them never more."
I answered–and it was enough;
They turned them to depart;
They could not read my secret thoughts,
Nor see my throbbing heart.

I've noticed many a youthful form,
Upon whose changeful face
The inmost workings of the soul
The gazer well might trace;
The speaking eye, the changing lip,

AUTOCOMPLACENCIA

Ellen, antes no te preocupabas
por la belleza y la elegancia,
sencilla y modesta era tu vestimenta,
despreocupada de tu figura y rostro;
¿de dónde viene entonces este cambio? ¿Y por qué ahora
te alisas el cabello con tanta frecuencia?
¿Y por qué adornas tu figura juvenil
con tan incansable cuidado?

Dinos, y deja de agotar nuestros oídos
con ese familiar compás,
¿por qué tocas esas sencillas melodías
tan a menudo, una y otra vez?
«En verdad, queridos amigos, sólo puedo decir
que los pensamientos de la niñez se han ido;
cada año trae sus propios sentimientos novedosos
y los años pasan con rapidez:

Y en cuanto a estas sencillas melodías,
me encanta tocarlas repetidas veces,
y ahora no me atrevo a prometer
nunca más volver a tocarlas».
Eso respondí y fue suficiente;
se giraron para marcharse;
no podían leer mis pensamientos secretos
ni podían ver mi palpitante corazón.

He observado muchas figuras juveniles,
en cuyo rostro cambiante
los más íntimos mecanismos del alma
el observador bien podría rastrear;
el ojo que habla, el labio cambiante,

The ready blushing cheek,
The smiling, or beclouded brow,
Their different feelings speak.

But, thank God! you might gaze on mine
For hours, and never know
The secret changes of my soul
From joy to keenest woe.
Last night, as we sat round the fire
Conversing merrily,
We heard, without, approaching steps
Of one well known to me!

There was no trembling in my voice,
No blush upon my cheek,
No lustrous sparkle in my eyes,
Of hope, or joy, to speak;
But, oh! my spirit burned within,
My heart beat full and fast!
He came not nigh–he went away–
And then my joy was past.

And yet my comrades marked it not:
My voice was still the same;
They saw me smile, and o'er my face
No signs of sadness came.
They little knew my hidden thoughts;
And they will never know
The aching anguish of my heart,
The bitter burning woe!

ACTON

la mejilla presta a ruborizarse,
la frente sonriente o nublada,
sus diferentes sentimientos hablan.

Pero ¡gracias a Dios! Podrías contemplar la mía
durante horas y nunca conocer
los cambios secretos de mi alma,
de la alegría a la más profunda pena.
Anoche, sentados alrededor del fuego
conversando alegremente,
oímos, afuera, pasos que se acercaban
¡de alguien que conozco bien!

No había temblor en mi voz,
ni rubor en mis mejillas,
ningún brillo chispeante en mis ojos,
que expresara esperanza o alegría;
pero ¡oh! Mi espíritu ardía por dentro,
¡mi corazón latía con fuerza!
No se acercó, se fue,
y entonces mi alegría se desvaneció.

Y sin embargo, mis camaradas no lo notaron:
mi voz seguía siendo la misma;
me vieron sonreír, y en mi rostro
no había señales de tristeza.
Poco conocían mis pensamientos ocultos;
¡y nunca conocerán
la dolorosa angustia de mi corazón,
la amarga y ardiente pena!

ACTON

THE MISSIONARY

Plough, vessel, plough the British main,
Seek the free ocean's wider plain;
Leave English scenes and English skies,
Unbind, dissever English ties;
Bear me to climes remote and strange,
Where altered life, fast-following change,
Hot action, never-ceasing toil,
Shall stir, turn, dig, the spirit's soil;
Fresh roots shall plant, fresh seed shall sow,
Till a new garden there shall grow,
Cleared of the weeds that fill it now,–
Mere human love, mere selfish yearning,
Which, cherished, would arrest me yet.
I grasp the plough, there's no returning,
Let me, then, struggle to forget.

But England's shores are yet in view,
And England's skies of tender blue
Are arched above her guardian sea.
I cannot yet Remembrance flee;
I must again, then, firmly face
That task of anguish, to retrace.
Wedded to home–I home forsake,
Fearful of change–I changes make;
Too fond of ease–I plunge in toil;
Lover of calm–I seek turmoil:
Nature and hostile Destiny
Stir in my heart a conflict wild;
And long and fierce the war will be
Ere duty both has reconciled.

EL MISIONERO

Surca, bajel, surca los mares británicos,
pon rumbo a las amplias llanuras del océano libre;
abandona los paisajes y los cielos ingleses,
desata, deshazte de los lazos ingleses;
llévame a climas remotos y extraños,
donde la vida alterada, el cambio que sigue con rapidez,
la acción ardiente, el trabajo incesante,
removerán, voltearán, cavarán la tierra del espíritu;
raíces frescas plantarán, frescas semillas sembrarán,
hasta que un nuevo jardín crezca allí,
limpio de la maleza que lo llena ahora,
simple amor humano, simple deseo egoísta
que, estimado, seguiría cautivándome.
Me aferro al arado, no hay vuelta atrás,
déjame, entonces, esforzarme por olvidar.

Pero las orillas de Inglaterra continúan a la vista,
y los cielos de Inglaterra, de tierno azul,
forman un arco sobre su mar guardián.
Aún no puedo huir del Recuerdo;
debo, pues, afrontar con firmeza
esa tarea angustiosa para desandar el camino.
Casado con mi hogar, lo abandono;
temeroso del cambio, realizo cambios;
demasiado aficionado a la comodidad, me sumerjo en el trabajo;
amante de la calma, busco la agitación:
la Naturaleza y el Destino hostil
avivan en mi corazón un conflicto salvaje;
y larga y feroz será la guerra
antes de que el deber los haya reconciliado.

What other tie yet holds me fast
To the divorced, abandoned past?
Smouldering, on my heart's altar lies
The fire of some great sacrifice,
Not yet half quenched. The sacred steel
But lately struck my carnal will,
My life-long hope, first joy and last,
What I loved well, and clung to fast;
What I wished wildly to retain,
What I renounced with soul-felt pain;
What—when I saw it, axe-struck, perish—
Left me no joy on earth to cherish;
A man bereft—yet sternly now
I do confirm that Jephtha vow:
Shall I retract, or fear, or flee?
Did Christ, when rose the fatal tree
Before him, on Mount Calvary?
'Twas a long fight, hard fought, but won,
And what I did was justly done.

Yet, Helen! from thy love I turned,
When my heart most for thy heart burned;
I dared thy tears, I dared thy scorn—
Easier the death-pang had been borne.
Helen! thou mightst not go with me,
I could not—dared not stay for thee!
I heard, afar, in bonds complain
The savage from beyond the main;
And that wild sound rose o'er the cry
Wrung out by passion's agony;
And even when, with the bitterest tear
I ever shed, mine eyes were dim,
Still, with the spirit's vision clear,
I saw Hell's empire, vast and grim,
Spread on each Indian river's shore,
Each realm of Asia covering o'er.

There, the weak, trampled by the strong,
Live but to suffer—hopeless die;
There pagan-priests, whose creed is Wrong,
Extortion, Lust, and Cruelty,
Crush our lost race—and brimming fill

¿Qué otro lazo me ata aún
al pasado divorciado y abandonado?
Ardiendo en el altar de mi corazón yace
el fuego de algún gran sacrificio,
aún por medio extinguir. El acero sagrado
pero reciente golpeó mi voluntad carnal,
mi esperanza de toda la vida, primera y última alegría,
lo que amé tanto y a lo que me aferré con firmeza;
lo que deseé retener con desesperación,
a lo que renuncié con profundo dolor;
lo que, cuando lo vi, golpeado por el hacha, perecer,
no me dejó alegría en la tierra que apreciar;
un hombre desamparado, pero ahora con severidad
confirmo el juramento de Jefté:
¿me retractaré, temeré o huiré?
¿Lo hizo Cristo cuando se alzó el árbol fatal
ante él en el monte Calvario?
Fue una larga lucha, reñida, pero ganada,
y lo que hice fue de justicia.

¡Helen! De tu amor me volví
cuando mi corazón más ardía por tu corazón;
desafié tus lágrimas, desafié tu desprecio,
más fácil habría resultado soportar las punzadas de la muerte.
¡Helen! Tú no podrías venir conmigo,
yo no podía... ¡No me atreví a quedarme por ti!
Oí, a lo lejos, atado, quejarse
al salvaje de allende los mares;
y ese sonido salvaje se elevó sobre el grito
arrancado por la agonía de la pasión;
e incluso cuando, con las lágrimas más amargas
que jamás derramé, mis ojos se nublaron,
aun así, con la visión del espíritu clara,
vi el imperio del Infierno, vasto y sombrío,
extendido por las orillas de cada río de la India,
cubriendo cada reino de Asia.

Allí los débiles, pisoteados por los fuertes,
sólo viven para sufrir, para morir sin esperanza;
allí sacerdotes paganos, cuyo credo es la Injusticia,
la Extorsión, la Lujuria y la Crueldad,
aplastan a nuestra raza perdida y llenan a rebosar

The bitter cup of human ill;
And I–who have the healing creed,
The faith benign of Mary's Son;
Shall I behold my brother's need
And, selfishly, to aid him shun?
I–who upon my mother's knees,
In childhood, read Christ's written word,
Received his legacy of peace,
His holy rule of action heard;
I–in whose heart the sacred sense
Of Jesus' love was early felt;
Of his pure full benevolence,
His pitying tenderness for guilt;
His shepherd-care for wandering sheep,
For all weak, sorrowing, trembling things,
His mercy vast, his passion deep
Of anguish for man's sufferings;
I–schooled from childhood in such lore–
Dared I draw back or hesitate,
When called to heal the sickness sore
Of those far off and desolate?
Dark, in the realm and shades of Death,
Nations and tribes and empires lie,
But even to them the light of Faith
Is breaking on their sombre sky:
And be it mine to bid them raise
Their drooped heads to the kindling scene,
And know and hail the sunrise blaze
Which heralds Christ the Nazarene.
I know how Hell the veil will spread
Over their brows and filmy eyes,
And earthward crush the lifted head
That would look up and seek the skies;
I know what war the fiend will wage
Against that soldier of the cross,
Who comes to dare his demon-rage,
And work his kingdom shame and loss.
Yes, hard and terrible the toil
Of him who steps on foreign soil,
Resolved to plant the gospel vine,
Where tyrants rule and slaves repine;
Eager to lift Religion's light

la amarga copa de la desgracia humana;
y yo, que poseo el credo sanador,
la benigna fe del Hijo de María,
¿debo contemplar la necesidad de mi hermano
y, con egoísmo, ayudarlo a evitarla?
Yo, quien sobre las rodillas de mi madre,
durante mi infancia, leí la palabra escrita de Cristo,
recibí su legado de paz,
oí su sagrada regla de acción;
yo, en cuyo corazón el sagrado sentido
del amor de Jesús fue sentido temprano;
de su pura benevolencia plena,
su compasiva ternura por la culpa;
su cuidado de pastor por la oveja descarriada,
por todas las cosas débiles, afligidas y trémulas,
su misericordia grande, su pasión profunda,
llena de angustia por el sufrimiento de los hombres;
yo, instruido desde la infancia en tales conocimientos,
¿me atreví a retroceder o a dudar,
cuando me llamaron para sanar la dolorosa enfermedad
de aquellos que estaban lejos y aislados?
En la oscuridad, en los reinos y sombras de la Muerte,
naciones, tribus e imperios yacen,
mas incluso para ellos la luz de la Fe
irrumpe en su cielo sombrío:
y que me corresponda pedirles que alcen
sus cabezas inclinadas hacia la escena ardiente,
y conozcan y saluden el resplandor del amanecer
que anuncia al Cristo Nazareno.
Sé cuán infernal será el velo
sobre sus cejas y ojos nublados,
y aplastará contra la tierra la cabeza alzada
que mire hacia arriba y busque los cielos;
sé qué guerra librará el demonio
contra ese soldado de la cruz,
que viene a desafiar su furia demoníaca
y a sembrar la vergüenza y la pérdida de su reino.
Sí, duro y terrible es el esfuerzo
de aquel que pise tierras extranjeras,
resuelto a plantar la viña del evangelio
donde los tiranos gobiernan y los esclavos se quejan;
ansioso por alzar la luz de la Religión

Where thickest shades of mental night
Screen the false god and fiendish rite;
Reckless that missionary blood,
Shed in wild wilderness and wood,
Has left, upon the unblest air,
The man's deep moan–the martyr's prayer.
I know my lot–I only ask
Power to fulfil the glorious task;
Willing the spirit, may the flesh
Strength for the day receive afresh.
May burning sun or deadly wind
Prevail not o'er an earnest mind;
May torments strange or direst death
Nor trample truth, nor baffle faith.
Though such blood-drops should fall from me
As fell in old Gethsemane,
Welcome the anguish, so it gave
More strength to work–more skill to save.
And, oh! if brief must be my time,
If hostile hand or fatal clime
Cut short my course–still o'er my grave,
Lord, may thy harvest whitening wave.
So I the culture may begin,
Let others thrust the sickle in;
If but the seed will faster grow,
May my blood water what I sow!

What! have I ever trembling stood,
And feared to give to God that blood?
What! has the coward love of life
Made me shrink from the righteous strife?
Have human passions, human fears
Severed me from those Pioneers,
Whose task is to march first, and trace
Paths for the progress of our race?
It has been so; but grant me, Lord,
Now to stand steadfast by thy word!
Protected by salvation's helm,
Shielded by faith–with truth begirt,
To smile when trials seek to whelm
And stand 'mid testing fires unhurt!

donde las sombras más espesas de la noche mental
protegen al falso dios y los ritos demoníacos;
imprudente esa sangre misionera,
derramada en el salvaje desierto y el bosque,
ha dejado, en el aire impío,
el profundo gemido del hombre, la oración del mártir.
Conozco mi destino; sólo pido
poder para cumplir la gloriosa tarea;
que con el espíritu dispuesto, la carne
reciba fuerzas renovadas para el día.
Que el sol abrasador o el viento mortal
no prevalezcan sobre una mente sincera;
que los tormentos de la muerte extraña o la más terrible
no pisoteen la verdad ni frustren la fe.
Aunque gotas de sangre caigan de mí,
como las que cayeron en el viejo Getsemaní,
bienvenida sea la angustia, que me dio
más fuerza para trabajar, más habilidad para salvar.
Y, ¡oh!, si breve ha de ser mi tiempo,
si mano hostil o clima fatal
acortan mi camino, aún sobre mi tumba,
Señor, que tu cosecha blanquee la ola.
Para que yo pueda comenzar la cosecha,
que otros claven la hoz;
si así la semilla crece más rápido,
¡que mi sangre riegue lo que siembro!

¡Qué! ¿Acaso he permanecido temblando,
y he temido entregarle a Dios esa sangre?
¡Qué! ¿Acaso el cobarde amor a la vida
me ha hecho rehuir la justa lucha?
¿Acaso las pasiones humanas, los temores humanos
me han separado de aquellos pioneros,
cuya tarea es marchar primero y trazar
caminos para el progreso de nuestra raza?
Así ha sido; pero concédeme, Señor,
¡ahora permanecer firme en tu Palabra!
Protegido por el yelmo de la salvación,
escudado por la fe, ceñido con la verdad,
para sonreír cuando las pruebas me intenten abrumar
¡y permanecer ileso en medio de las pruebas!
Derribando los baluartes más fuertes del infierno,

Hurling hell's strongest bulwarks down,
Even when the last pang thrills my breast,
When Death bestows the Martyr's crown,
And calls me into Jesus' rest.
Then for my ultimate reward–
Then for the world-rejoicing word–
The voice from Father–Spirit–Son:
"Servant of God, well hast thou done!"

Currer

incluso cuando la última punzada me estremezca el pecho,
cuando la Muerte me otorgue la corona del mártir,
y me llame al descanso de Jesús.
Entonces, para mi recompensa final,
entonces, para la palabra que alegra al mundo,
la voz del Padre, del Espíritu, del Hijo:
«¡siervo de Dios, ¡lo has hecho bien!».

Currer

THE OLD STOIC

Riches I hold in light esteem;
And Love I laugh to scorn;
And lust of fame was but a dream
That vanished with the morn:

And if I pray, the only prayer
That moves my lips for me
Is, "Leave the heart that now I bear,
And give me liberty!"

Yes, as my swift days near their goal,
'Tis all that I implore;
In life and death, a chainless soul,
With courage to endure.

ELLIS

EL VIEJO ESTOICO

Las riquezas las tengo en poca estima;
y del Amor río para despreciarlo;
y la lujuria de la fama no fue más que un sueño
que se desvaneció con la mañana:

Y si rezo, la única plegaria
que mueve mis labios por mí
es, «¡deja el corazón que ahora soporto
y dame mi libertad!».

Sí, conforme mis raudos días se acercan a su objetivo,
esto es todo lo que imploro;
en la vida y en la muerte, un alma sin cadenas,
con valor para sobrevivir.

ELLIS

FLUCTUATIONS

What though the Sun had left my sky;
To save me from despair
The blessed Moon arose on high,
And shone serenely there.

I watched her, with a tearful gaze,
Rise slowly o'er the hill,
While through the dim horizon's haze
Her light gleamed faint and chill.

I thought such wan and lifeless beams
Could ne'er my heart repay,
For the bright sun's most transient gleams
That cheered me through the day:

But as above that mist's control
She rose, and brighter shone,
I felt her light upon my soul;
But now–that light is gone!

Thick vapours snatched her from my sight,
And I was darkling left,
All in the cold and gloomy night,
Of light and hope bereft:

Until, methought, a little star
Shone forth with trembling ray,
To cheer me with its light afar–
But that, too, passed away.

Anon, an earthly meteor blazed
The gloomy darkness through;

FLUCTUACIONES

Aun cuando el Sol ha abandonado mi cielo,
para salvarme de la desesperación,
la bendita Luna se elevó en lo alto,
y brilló serenamente desde allí.

Yo la observaba, con mirada llorosa,
elevarse despacio sobre la colina,
mientras a través de la tenue neblina del horizonte
su luz brillaba débil y fría.

Yo creí que tales rayos pálidos y apagados
nunca podrían pagarle a mi corazón
por los brillantes y más transitorios rayos del sol
que me alegraron durante el día:

Pero como, por encima del control de la niebla,
ella se elevó y relució con más brillo,
sentí su luz en mi alma;
pero ahora... ¡esa luz se ha ido!

Gruesos vapores me la arrebataron de la vista,
y me dejaron en la oscuridad,
todo en la fría y sombría noche,
de luz y esperanza despojada:

hasta que, paréceme, una pequeña estrella
se adelantó brillando con rayos temblorosos,
para alegrarme con su luz lejana,
pero eso también dejó de existir.

Luego, un meteorito terrestre resplandeció
por toda la sombría oscuridad;

I smiled, yet trembled while I gazed–
But that soon vanished too!

And darker, drearier fell the night
Upon my spirit then;–
But what is that faint struggling light?
Is it the Moon again?

Kind Heaven! increase that silvery gleam,
And bid these clouds depart,
And let her soft celestial beam
Restore my fainting heart!

ACTON

sonreí, aunque temblé mientras miraba...
¡Pero eso también pronto se desvaneció!

Y más oscura, más deprimente caía la noche
sobre mi espíritu entonces;
mas ¿qué es esa débil luz moribunda?
¿Es la Luna de nuevo?

¡Cielo amable! ¡Aumenta ese brillo plateado,
y ordena a esas nubes que se marchen,
y permite que su suave rayo celestial
restaure mi lánguido corazón!

ACTON

ÍNDICE